"있잖아, 그 도시락은 혹시……."

쥬몬지가오카 카스미

마사키의 소꿉친구이며 도내에서 손꼽히는 자산가의 딸. 곱게 자랐지만 무예를 즐기고 성격이 싹싹해 마사키가 마음을 터놓고 지내는 존재. 갑자기 의붓남매가 된 마사키와 클로에의 관계를 걱정하고 있다.

요츠모토 마사키

눈매가 사납고 몸집이 커서 쉽게 오해를 사지만 지극히 상식적인 사람이다. 평온한 고등학교 생활을 바라고 있었지만, 아버지의 재혼 상대가 데려온 아이가 같은 반 미소녀 클로에라서 일상이 확 변한다.

"야, 너무 저쪽을 보면
다른 녀석들한테 들키잖아."

고개를 들어 교실 중앙에 있는
나나세의 자리를 봤다.
히이이익, 이쪽을 엄청 뚫어져라 보고 있어.

나나세 클로에

마사키와 같은 반이며 학교에서 유명
한 쿼터 미소녀. 부모님의 재혼으로 인
해 갑자기 마사키의 의붓동생이 된다.
수많은 고백을 받아도 계속 거절했었
지만 마사키가 느닷없이 의미심장한
말을 해서 마음이 어지러워지는데……?!

"저도 일단은 적당히 나이가 있는 여자애니까
함께 행복해지자는 말을 들으면……."

"우후후, 몸이 큰 요츠모토 군이
그렇게 부끄러워하는 모습은 재밌어요."

"놀리지 마."

"괜찮아요. 그렇게 부끄러운 걸 감추지 않아도."

C O N T E N T S

The Quarter-Beauty of the Class Became My Stepsister.
Without Knowing It, I Had Been Flirting with Her.

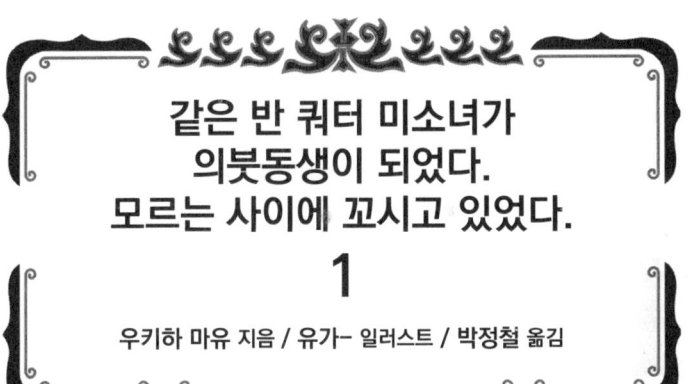

같은 반 쿼터 미소녀가
의붓동생이 되었다.
모르는 사이에 꼬시고 있었다.
1

우키하 마유 지음 / 유가- 일러스트 / 박정철 옮김

소미미디어

컬러, 본문 일러스트 | **유가**─

같은 반
쿼터 미소녀가
의붓동생이 되었다.
모르는 사이에
꼬시고 있었다.

The Quarter-Beauty of
the Class Became My Stepsister.
Without Knowing It,
I Had Been Flirting with Her.

【프롤로그】

고등학교 생활을 보내는 데 중요한 것은 무엇인가?

그런 질문을 받는다면 난 망설이지 않고 이렇게 대답할 것이다.

안 좋은 의미로 눈에 띄지 않고, 풍파를 일으키지 않으며 매일매일 평온한 생활을 하도록 노력하는 것.

꿈도 희망도 없고 굉장히 재미없는 대답이라 생각할지도 모른다. 하지만 이를 실현하는 건 이만저만한 일이 아니다.

호감도가 높은 사람이라도 어쩌다가 바로 뭇매를 맞는 게 요즘 세상이다.

이런 점을 보면 평온한 나날을 보내는 게 얼마나 소중한지 알 수 있다.

풍파를 일으키지 않도록 행동하는 건 단순히 반에서 배경의 일부가 되는 게 아니다.

주변 상황을 신경 쓰고 잘 관찰하면서 너무 튀지 않도록 행동해야 한다.

왜 그렇게 신중하게 학교생활을 하느냐면, 이 세상에는 평범하게 지내도 작은 일로 인해 금방 일이 커지는 사람이 있기 때문이다.

예를 들자면, 길을 걸으면 스쳐 지나가는 사람이 두 번을 넘어서 세 번은 보는 쿼터 혼혈 미소녀나, 도심 주택가에 무도장이 딸린 저택에 사는 자산가 소꿉친구나, 여학생들에게 새된 성원을 받는 보이시한 여자애나.

이렇게 말하고 있는 나도 눈매가 사납고 체격이 탄탄해서 조심하지 않으면 안 좋은 의미로 눈에 띄고 만다. 섣불리 하급생에게 말을 걸면 돈을 뜯는다고 오해를 살 정도다.

그러니 아무것도 생각하지 않고 매일 멍하니 산다고 해서 평온한 나날은 얻을 수 없다.

하지만 그렇게 마음에 새긴 나에게도 폭풍은 갑작스럽게 찾아왔다.

아버지가 재혼해서 의붓동생이 생겼다.

그것도 같은 반 여자애.

더 자세히 말하자면 고백하는 사람이 끊이지 않는 미소녀다.

그녀에게 호감을 품은 사람이 보기에는 지극히 행복한 나날을 앞두었다고 생각할 것이다.

하지만 나에게는 폭풍 같은 나날에 불과하다.

반에 있는 녀석들에게는 평소와 다름없는 점심시간.

폭풍 한가운데에 있는 나── 요츠모토 마사키에게는 '기다리고 기다린'이라고 표현해도 좋은 점심시간이다.

딱히 점심시간에 특별한 일정이 있는 건 아니다.

이제 막 새로 가족이 된 의붓여동생, 나나세 클로에와의 첫 등교에 에너지를 과하게 써서 오전을 보내기만 했는데 기진맥진한 상태가 됐을 뿐이다.

나나세는 우리 고등학교에서는 상당한 유명인이다.

아리따운 금발을 허리까지 길게 길렀고, 짙은 녹색 눈은 동글동글해서 사랑스러운 아기 고양이 같다. 게다가 분홍색 입술이 첫눈처럼 하얀 피부를 돋보이게 한다.

솔직히 이것만으로도 손에 꼽을 만큼 예쁘다.

하지만 이렇게 예쁘고 몸집이 작은데 두 가슴은 풍만해서 교복 블라우스가 답답해 보일 정도다.

즉, 나나세는 금발, 로리, 거유라는 삼박자를 갖춘 미소녀다.

물론 나나세가 이렇게 일본인과 용모가 다른 건 그녀가 쿼터 혼혈이기 때문일 것이다.

자 그럼, 나나세가 만들어 준 도시락을 먹고 조금이라도 몸과 머리를 쉬게 하자.

가방에서 도시락을 꺼내 포장을 풀기 시작하자…….

——!

뭐지, 이 바작바작 태우는 듯한 시선은.

고개를 들어 교실 중앙에 있는 나나세의 자리를 봤다.

히이이익, 이쪽을 엄청 뚫어져라 보고 있어.

뭣하면 으르렁거리는 소리마저 들려올 것 같다.

그렇게 쳐다보면 먹기 힘들다고.

그리고 갑자기 이쪽을 뚫어져라 보면 다들 이상하게 생각할 거라고.

난 고개를 가볍게 젓고 눈짓으로 이쪽을 보지 말라고 전했다.

그러자 나나세는 가볍게 미소 짓고 한 손으로 작게 동그라미를 만들었다.

좋아 좋아, 잘 전해졌다.

나와 나나세가 의붓남매라는 건 중대한 비밀이다.

모두에게 들키면 내 평온한 일상은 두 번 다시 돌아오지 않는다.

다만 나와 나나세의 관계를 알고 있는 반 친구가 딱 한 명 있다.

"저기, 그 도시락, 혹시……."

비밀을 아는 옆자리 소꿉친구, 쥬몬지가오카 카스미가 내 도시락에서 나나세 쪽으로 시선을 옮겼다.

"야, 너무 저쪽을 보면 다른 녀석들한테 들키잖아."

양손으로 카스미의 머리를 잡아서 나나세 쪽에서 내 쪽으로 방향을 바꿨다.

나나세가 직접 만든 도시락이라는 걸 들키면 경매에 오르고 고가에 되팔릴지도 모른다.

"괜찮아, 이 정도는. 근데 좋겠다. 그 도시락……."

"아니, 카스미의 도시락이 어떻게 봐도 더 호화롭잖아."

"뭘 모르네. 그런 점이 문제라고. 그런 점이."

어떤 점이야.

뭐, 됐다. 아무튼 빨리 도시락을 먹자.

폭신폭신하게 잘 구워진 계란말이를 입으로 가져갔다. 부드러운 육수의 풍미와 살짝 달콤한 맛이 입에 퍼졌다.

맛있는 음식과 행복을 음미하고 있으니…….

──!

설마, 이 시선은!

역시 나나세가 또 나를 뚫어져라 보고 있다.

그·러·니·까, 날 그렇게 보면 모두에게 들켜서 귀찮아지잖아!

응? 잠깐만…… 그러면 아까 손으로 동그라미를 만들어서 대답한 건 무엇에 대한 대답이지?

큰일이다. 또 뭔가 착각하고 있을 것 같다.

진짜 왜 이렇게 된 거지.

──발단은 한 달쯤 전까지 거슬러 올라간다.

【제1화】오래오래 잘 부탁드립니다

벚꽃은 이미 흩날려 떨어지고, 푸르른 잎이 난 벚나무의 녹색이 눈부신 계절.

구교사 옥외 계단 층계참. 이런 곳에서 점심을 먹는 희한한 녀석은 나 말고는 없다.

상쾌하고 기분 좋은 바람을 느끼면서 방금 매점에서 산 야키소바빵을 베어먹었다.

딱히 뭔가를 생각하지도 않고 사람이 없는 운동장을 멍하니 바라보며 과일 우유를 홀짝 마셨다.

정말이지 매일 흘러들어오는 정보가 너무 많다.

수업에서 선생님이 말하는 내용, SNS 게시글과 반 친구가 이야기하는 소문, 열심히 하는 게임의 공략법, 이번 분기에 보고 싶은 애니메이션 일람, 읽고 싶은 만화책과 라이트노벨 신간 정보 등등……

이러한 정보를 수면시간을 제외한 시간 안에 전부 처리하는 건 도저히 무리다.

스펙이 낮은 나의 뇌는 오전 수업만으로 이미 과열된 느낌이다.

그렇기에 점심시간 정도는 이렇게 혼자 유유히 보내며 바깥세상에서 들어오는 정보의 양을 줄인다.

뇌를 쉬게 해서 오후 수업에 대비하는 건 점심시간을 보내는 방법 중 가장 유의미하다고 해도 되지 않을까.

그렇다. 나는 결코 외톨이라서 이런 곳에서 혼자 점심을 먹는 게 아니다.

중요한 부분이니 착각하지 말도록.

하지만 나의 귀중한 휴식 시간은 위층에서 들려온 남학생이 고백하는 소리에 끝을 맞이했다.

"나나세 양, 당신을 줄곧 좋아했습니다. 저랑 사귀어 주세요."

참 직설적인 고백이었다.

'여자 친구가 없는 기간 = 나이'인 나에게는 향후로도 인연이 없을 대사다.

"미안해요. 지금은 친구와 있는 게 더 즐거우니 당신의 마음에는 응해줄 수 없어요."

직설적인 고백을 풀스윙으로 백스크린까지 날려버렸다. 홈런이다.

나나세라는 호칭과 들려온 목소리로 고백을 받은 여자가 같은 반인 나나세 클로에라는 걸 바로 알았다.

나나세는 진짜 인기 많구나.

들은 이야기로는 입학하고 1년 동안 끊임없이 고백받고 있다던가.

하지만 잇단 거절 속에서도 남자 친구가 있다는 이야기

는 들은 적이 없다.

빼어나게 예쁜 나나세라면 이상형의 스펙이 높아도 이상하지 않겠지.

"나하고 있으면 친구와 있는 것보다 재밌게 지낼 수 있을지도 모르잖아?"

남학생은 아직 포기하지 않은 모양이다.

나였으면 첫 공격으로 완전히 격침됐을 텐데 말이지.

그러나 저렇게 물고 늘어져도 나나세의 대답이 바뀔 것 같진 않다. 더 다치기 전에 물러나는 걸 추천한다.

"전 지금보다 나아지길 바라는 게 아니라서……"

"우선은 시험 삼아서라도 좋으니까 사귀어 보자, 응? 그러면 언젠가는 나의 좋은 점을 알 수 있을 거야."

"저, 그, 그렇게 말해도 곤란해요."

어째 분위기가 이상하게 흘러간다.

나나세의 목소리는 명백하게 싫어하는 티를 내고 있다. 그리고 끝부분은 살짝 비명에 가까운 목소리였다.

지금 위층에서 벌어지는 일은 새콤달콤한 청춘의 한 페이지가 아닌 것 같다.

하지만 평온무사하고 풍파를 일으키지 않는 학교생활을 하는 것을 신조로 삼은 나로서는 직접 나서서 나나세를 도와주는 사태는 되도록 피하고 싶다.

"그럼 적어도 연락처만이라도 주지 않을래?"

"저, 정말 곤란해요⋯⋯."

남학생의 말투가 거칠어지기 시작했다. 어이, 그러면 미움받는다고.

차였다고 갑자기 화풀이로 커터칼 같은 걸 꺼내거나 하는 건 아니겠지?

운도 없지. 이대로 모른 척했다가 만에 하나 나나세에게 무슨 일이 생기면 사건 현장을 방관한 것 같아서 몹시 찝찝할 것이다.

되도록 눈에 띄지 않게 도와줄 방법이 없을까⋯⋯.

"어이! 거기서 뭐 하는 게냐?"

나는 생활 지도 선생님인 모모타 선생님의 성대모사를 시도했다. 나름 친구에게 인정받을 만큼 비슷하게 구사할 수 있다.

참고로 이 모모타 선생님은 쇼와(1926~1989)에서 헤이세이(1989~2019)를 건너뛰고 온 것 같은 분이라 규정 같은 건 상관없다는 듯이 학교 안에서 죽도를 들고 다닌다.

소문으로는 극성 학부모 같은 보호자가 있으면 학생뿐만 아니라 보호자에게도 설교한다던데.

"이런?! 왜 이런 곳에 모모타가?!"

모모타 선생님을 흉내 낸 목소리는 교사의 벽에 반사되어 더 진짜같이 들린 것 같았다.

그보다 선생님이 보면 안 된다고 생각하는 수준의 고백

같은 걸 하는 게 잘못된 거잖아.

"그, 그럼, 내 마음은 전했으니까 다, 다음에 또 보자!"

빠르게 그렇게 말하더니 한 사람의 발소리만이 더 위층으로 울리며 멀어졌다.

어째 잘 풀린 것 같다. 이제 나의 평온한 점심시간을 되찾을 수 있다.

어지러워진 마음을 가라앉히고——.

"역시 요츠모토 군이었군요."

명상의 세계로 발을 들여놓기 전, 은쟁반에 옥구슬이 구르는 듯한 나나세의 목소리에 의해 의식이 다시 이쪽 세계로 끌려왔다.

고개를 돌려 계단을 올려다보니 난간에 가볍게 손을 걸치고 내려오는 나나세의 모습이 보였다.

애는 왜 여기로 온 거지?

나나세는 리듬감 있게 가볍게 통통 튀듯이 계단을 내려왔다.

헉——!

그리고 장난스럽게 웃음을 지으면서 나에게 물었다.

"모모타 선생님의 목소리가 들려서 내려왔는데, 여기엔 없는 것 같네요."

"난 모모타 선생님의 모습은 못 봤는데."

"그거 이상하네요. 목소리는 모모타 선생님 같았는데~."

과장되게 말하는 나나세.

"군이 모모타 선생님을 찾다니, 별나네."

"진짜 선생님이었다면 안 건드렸을 테니 괜찮아요. 하지만 아까 그 목소리는 요츠모토 군이잖아요?"

시치미 떼려고 했는데 나나세한테는 들킨 것 같다.

전에 교실에서 성대모사 하는 걸 본 모양이다.

처음부터 들켰다고 생각하니 꽤 부끄러웠다.

그렇게 넓지 않은 충계참에서 난간에 몸을 기대고 있는 내 옆에 나나세가 나란히 섰다.

"나나세한테 간파당하다니, 나도 아직 멀었네."

"모모타 선생님은 그렇게까지 혀를 굴리지 않아요."

"다음에는 참고할게."

"그래도 요츠모토 군 덕분에 살았어요."

나나세는 정중하게 인사하면서 고맙습니다, 라고 말했다.

난 그녀의 그런 모습을 곁눈으로 언뜻 보고 작게 고개를 끄덕였다.

"딱히 감사받을 일은 아니야."

"아뇨, 요츠모토 군에게는 도움만 받고 있어요."

내가 언제 나나세를 도운 적이 있던가? 무거워 보이는 짐을 들고 있었을 때 도와줬다든가?

글쎄, 전혀 기억이 없다.

"매번 저런 녀석이 찾아오는 거야? 고백받는 사람도 고

생이 이만저만이 아니네."

"저런 사람은 거의 없어요. 하지만 항상 거절하는 건 쉽지 않네요. 미안해서 괴롭거든요."

"그럼 차라리 반대로 누구 하나와 사귀는 건 어때? 나나세가 고백하면 거절할 사람은 많지 않을 거 같은데. 아니면 다음에 고백하는 사람이랑 사귄다던가."

"세상이 그렇게 단순하지 않아요. 그리고 저도 사귀는 상대가 누구든 상관없는 건 아니라고요."

복어처럼 볼을 불룩하게 부풀리고 날 보는 나나세.

불만스러운 표정을 지으려고 한 거 같은데, 솔직히 귀엽다는 말밖에 안 나왔다.

하지만 가능하면 지금은 이쪽을 그다지 보지 않았으면 한다.

"그런데 아까부터 왜 고개를 숙이고 있는 거예요?"

나나세가 거리를 살짝 좁혀서 얼굴을 들여다보려고 했다.

아니, 진짜 지금은 그러지 마.

왜 이렇게 됐느냐 하면, 보고 말았다.

나나세가 계단을 내려왔을 때 부풀어 젖혀진 스커트.

하얗고 탱탱한 허벅지.

그리고 절대영역 너머에 있는 하늘색 팬티.

그걸 본 직후에 나나세의 얼굴을 보고 이야기하는 건 동정에겐 무리다.

난 심호흡을 한 번 하고,

"이렇게 마음을 가라앉혀 몸도 마음도 휴식을 취하고 있는 거야."

거짓말은 하지 않았지만, 내 눈꺼풀 뒤에는 확실하게 방금 본 광경이 새겨져 있다.

가능하다면 잠시 혼자 있으면서 마음을 가라앉히고 싶다.

매정하게 쫓아낼 수도 없어서 난처해하고 있으니,

꼬르르르륵.

층계참에 울리는 꼬르륵거리는 소리.

"아직 점심 안 먹었어?"

되도록 눈을 마주치지 않도록 하면서 물었다.

얼굴을 붉히며 양손으로 배를 잡은 나나세는 작게 고개를 끄덕였다.

"중요한 이야기가 있다고 불려 나온 탓에 아직 못 먹었어요. 매점에 가서 빵이라도 사야겠어요."

그 말을 들은 나는 발치에 있던 비닐봉지를 들어 나나세에게 내밀었다.

"빵을 좀 많이 샀거든. 크로켓빵이라도 괜찮다면 줄게."

지금부터 매점에 간다고 해도 대부분은 매진됐을 것이다. 어쩌면 완전히 다 팔렸을지도 모른다.

그런 녀석의 고백 때문에 밥도 제대로 못 먹는다니, 너무 불쌍하다.

그리고 팬티를 봐서 미안한 마음도 있다.

"그, 그러면 미안하죠. 이건 요츠모토 군이 먹으려고 산 거잖아요?"

"괜찮아. 어차피 이미 두 개나 먹었어. 그리고 이거 식사용 빵이니까 빨리 안 먹으면 상할지도 모르고. 나나세가 먹으면 딱 좋을 것 같아."

"그렇다면 잘 먹을게요."

고맙습니다, 라고 하며 양손으로 빵이 든 봉투를 받는 나나세.

"그래."

"그래도 빵값은 낼게요."

나나세는 주머니에서 동전 지갑을 꺼내 빵의 가격을 물었지만, 돈을 받을 수는 없다. 지금 빵값을 받으면 팬티를 봐버린 것에 대한 속죄가 안 된다.

물론 빵값 정도로 속죄할 수 있는 건 아니지만.

"내가 생각 없이 많이 샀을 뿐이니까 돈은 필요 없어."

"그렇다고는 해도 그냥 받기는 미안해요. 그러면 대신 다음에 뭔가 사례할게요."

"진짜 신경 안 써도 괜찮은데."

난 다시 멍하니 운동장을 바라보며 마음을 비우려고 했다.

"이 빵 정말 맛있네요."

어──?!

교실에 돌아가서 먹을 줄 알았는데 왜인지 여기서 빵을 먹기 시작한 나나세.

그리고 빙긋 웃는 얼굴에 나도 모르게 깜짝 놀라고 말았다.

진짜 저렇게 웃으면서 고백하는데 받아들이지 않을 남자가 있을까.

나나세의 웃는 얼굴과 팬티가 한동안 내 머리에서 사라질 것 같지 않아서 코로 작게 한숨을 쉬었다.

●

점심시간도 끝이 가까워져 나와 나나세는 같이 옥외 계단 층계참에서 교실로 돌아갔다.

나나세와 단둘이서 점심시간을 보냈다고 하면 부러워할 녀석이 있을지도 모른다.

하지만 난 혼자 조용히 몸과 뇌를 쉬게 할 시간을 가지고 싶었다.

"도움뿐만 아니라 빵까지 받았네요. 정말 고마워요."

교실 근처까지 오자 나나세는 방금과 똑같이 파괴력이 출중한 웃음을 띠고 한 번 더 고맙다고 말했다.

"진짜 별거 아니야."

난 그 말만 하고 창가에 있는 내 자리로 빠르게 돌아갔다.

나나세와 사이좋게 이야기하는 모습을 누가 봐서 질투를 사는 건 사절이다. 모모타 선생님 흉내까지 내면서 눈에 띄지 않으려고 한 게 무의미해진다.

"어머나~ 오늘은 정말 즐거워 보이네요."

내 자리로 돌아가자 앞자리인 토리시마 야쿠모가 바로 놀리듯 말을 걸어왔다.

토리시마는 작년부터 같은 반이었던 얼마 없는 친구이며 깔끔하게 정돈된 7:3 가르마 머리와 독특한 음정으로 말하는 게 특징적이다.

"무슨 소린지."

"뭐야~, 시치미 떼는 거야? 요츠모토가 여자랑, 그것도 나나세랑 같이 온 것 같아서 두근거리는데."

"잠깐 같이 있었을 뿐이야. 네가 기대할 만한 건 아무것도 없어."

토리시마는 지금까지 여자 친구가 생긴 적이 없어서 그런지 다른 사람의 연애사에 관심이 매우 많다.

그 진짜 의도는 여자인 친구를 만들기 위한 경험 축적. 그리고 기회가 되면 다른 여자애를 소개받고 싶다는 의도다.

"진짜로? 사실이야?"

"진짜라니까. 어쩌다 마주쳐서 잡담한 게 전부야."

내 무뚝뚝한 대답에 낙담한 기색을 숨기지 못하는 토리시마.

나나세가 빵을 먹고 있을 때 둘이 나란히 아무도 없는 운동장을 바라보면서 잡담했으니, 거짓말은 하지 않았다.

　다만 그 전에 일어난 여러 일을 생략했을 뿐이다.

　"그런가. 요츠모토가 쥬몬지가오카 이외의 여자랑 같이 있는 건 상당히 귀중한 장면이라 생각했는데."

　"토리시마, 그렇게 말하면 나랑 마사키가 항상 같이 있는 것 같잖아."

　나와 토리시마 사이에 끼어든 사람은 옆자리에 있는 소꿉친구, 쥬몬지가오카 카스미다.

　카스미는 세미롱 흑발을 깔끔하게 포니테일로 묶어서 씩씩한 분위기가 느껴졌다.

　나나세가 반의 여동생 대표라면 카스미는 누나 대표다.

　"하지만 일주일 중 절반은 둘이 같이 점심을 먹잖아. 같이 등하교도 하고. 새콤달콤한 청춘이 없는 나한테는 그 정도 빈도도 에브리타임이야."

　"무슨 논리야. 애초에 마사키하고 같이 밥을 먹을 때는 대체로 너도 같이 있잖아. 같이 등하교하는 건 마사키네랑 우리 집이 근처니까──."

　"알고 있어. 둘이 이웃인 것도, 올해로 9년 연속 같은 반이라는 것도. 그리고……."

　토리시마는 뜸 들이듯이 시간을 두더니 평소의 높고 날카로운 목소리를 멋진 저음으로 바꾸고 말했다.

"이만큼 조건이 갖춰졌는데도 둘이 안 사귄다니, 아얏."

카스미가 손을 이마에 대고 멋진 포즈를 잡으려고 한 토리시마에게 바로 딴지를 걸었다.

"당연하지. 소꿉친구라는 이유만으로 커플이 되는 건 소설에나 나오는 거라고."

"그, 그런 꿈도 희망도 없는 소리를……. 누구는 이성 소꿉친구조차 없는데."

"동성 소꿉친구도 없잖아?"

"그만해, 내 마음을 후벼파지 마!"

토리시마는 자기 가슴을 안듯이 팔을 교차시켜 몸을 지키는 포즈를 취했다.

이런 식으로 이 둘은 이래저래 떠들썩한 경우가 많다.

그래서 내가 오늘처럼 훌쩍 그곳에 가서 느긋하게 시간을 보내는 것이다.

오늘은 예상치 못한 일이 좀 많았지만, 대신 나나세를 도울 수 있었다고 생각하면 그렇게까지 나쁜 점심시간은 아니었다.

그렇게 정리하고 교실 중앙에 있는 나나세의 자리가 있는 쪽을 보니, 그녀는 항상 같이 있는 스노하라 나유타와 담소를 나누고 있었다.

스노하라는 귀여운 나나세와는 정반대 분위기를 가진 여자애다.

여자애치고는 키가 크고 몸매는 날씬하며 머리는 살짝 흐트러진 숏컷이다. 시원시원한 분위기가 여자에게 인기 있는 멋지고 예쁜 반 친구다.

"그렇게 클로에를 빤히 쳐다보면 기분 나쁘게 여길걸."

카스미가 나에게만 들리도록 얼굴을 가까이하고 말했다.

참고로 토리시마는 마음을 후벼 파인 충격으로 인해 풀이 죽어 다음 수업을 준비하고 있었다.

"딱히 빤히 쳐다본 거 아니야."

"뭐, 보고 싶다는 마음은 이해해. 나의 이상적인 여동생 랭킹 No.1인 클로에인걸."

"엑, 그런 랭킹이 있냐?!"

동급생을 동생으로 삼고 싶다니, 좀 무서운데.

딩동댕동.

점심시간 종료를 알리는 예비종이 울리고 각자 자기 자리로 돌아갔다.

자기 자리에 앉은 나나세가 이쪽을 보고 작게 손을 흔들었다.

왜 손을 흔드는 거지.

한순간 의문이 생겼지만, 답은 금방 알 수 있었다.

카스미가 콘서트에서 최애와 눈을 마주친 것처럼 손을 붕붕 흔들고 있었다.

정말이지 뭐 하는 건지.

한 번 더 나나세가 있는 쪽을 보니, 이번엔 약간 난처한 듯한 표정을 짓고 있었다.

"야, 나나세가 기겁하고 있어."

"내가 아니라 마사키의 얼굴이 무서워서 그런 거 아냐?"

아까 층계참에 같이 있었을 때는 그러지 않았을 텐데.

그런 생각을 하고 있으니 고전문학 선생님이 나른한 모습으로 들어왔다.

졸지 않는 건 난이도가 높을 것 같다.

결국 나와 나나세는 반이 같을 뿐이지 평소에 같이 놀거나 대화하는 사이는 아니다.

같은 공간에서 수업을 듣고 학교 이벤트가 있으면 반의 일원으로서 협력할 뿐.

그러니 방금처럼 우연히 그녀가 위기에 처했을 때 도와줬다고 해서 우리의 관계가 변하는 건 아니다.

나나세가 그런 쉬운 사람이었으면 이미 남자 친구가 생겼을 것이다.

하지만 변하지 않을 줄 알았던 나와 나나세의 관계는 이날 밤 아버지가 한 이야기로 인해 급변하고 말았다.

──그날 밤.

영어 과제가 일단락되어 차라도 마시며 쉬려고 한 나는 내 방에서 나와 식당으로 향했다.

부엌에서는 일을 마치고 집에 온 아버지가 캔맥주를 한 손에 들고 저녁을 전자레인지로 데우고 있었다.

"다녀오셨어요. 오늘도 늦게까지 고생했나 보네."

"그래, 지금 있는 부서는 전보다 더 바쁘네."

아버지는 내가 초등학생일 때 이혼한 이후로 홀로 날 키우셨다.

내가 고등학생이 된 후로는 전보다 일을 늘렸는지 돌아오는 시간이 늦어졌다.

"된장국도 있는데 데울까?"

"고맙다. 센스 있네."

전자레인지 앞에서 선 채로 맥주캔을 기울이는 아버지.

"크으으으, 역시 일하고 나서 마시는 한 잔은 끝내주는구만."

요즘 맥주에는 피로 경감 성분이라도 들어있는 건가.

"요즘 학교는 어때?"

"그럭저럭. 낙제점은 없지만 상위권도 아니야."

"그런 뜻이 아니라, 여자 친구는 생겼냐는 말이다."

"언제부터 학교가 여자 친구를 만드는 곳이 된 거야. 보통 공부——."

거기까지 말했을 때 점심시간에 나나세와 있었던 일이

갑자기 떠올랐다.

나나세는 내 여자 친구가 아니다. 친구라고 하는 것도 우스울 정도다.

하지만 내가 준 빵을 먹고 있을 때 보인 미소가 반칙급으로 귀여워서 다시 보고 싶다는 마음은 있었다.

"응? 왜 그러냐?"

"아, 아니, 아무것도 아니야."

자신의 볼을 가볍게 쳐서 번뇌를 떨쳐냈다.

아버지는 여전히 기분 좋게 맥주를 마시고 있는데, 저런 페이스면 저녁 준비가 다 됐을 즈음에는 맥주가 없어질 거다.

"슬슬 여자 친구가 생겨도 좋을 때 같다만."

"오늘따라 유난히 내 연애를 걱정하네. 그러는 아버지야말로 여자 친구 없어?"

뭐, 나이가 40이 넘어가고 애 딸린 샐러리맨에게 여자 친구가 생길 리가 없겠지만.

"있어. 안 그래도 슬슬 결혼하는 게 어떠냐고 의논 중인 참이다."

"진짜?!"

하마터면 된장국을 담은 그릇을 엎을 뻔했다.

이게 대체 무슨 소리야?

여자 친구? 결혼?

"나는 독신이니까, 여자 친구가 있어도 문제없잖아."

"그야 그렇지만……."

"그리고 관계가 깊어지면 결혼 이야기가 나오는 것도 자연스러운 일이지."

지금까지 여자 친구가 있다거나 데이트를 다녀왔다는 이야기는 전혀 들은 바가 없다.

아버지의 재혼 이야기는 청천벽력이었다.

하지만 다시 생각해 보면 그럴듯한 징후가 전혀 없었던 건 아니다.

어머니와 이혼한 직후의 아버지는 쪼그라든 가지 같아서 아이인 내가 아버지를 걱정할 정도였다.

그래도 시간이 흐르면서 서서히 기운을 찾았고 내가 고등학교에 들어갈 무렵에는 꾸미는 것도 조금 신경 쓰기 시작했다.

멋진 아저씨도 아니고 살짝 껄렁한 타입도 아닌 아버지가 눈썹을 다듬고 헤어스타일을 바꾸기에 회사에 귀여운 후배라도 생겼나 했었다.

그런데 설마 내가 모르는 사이에 여자 친구가 생겼다니, 놀랍다.

한창의 나이인 아들도 여자 친구가 없는데, 아버지에게 여자 친구가 생기다니…….

그보다 자기가 재혼한다는 이야기를 하고 싶어서 나한테 여자 친구가 있냐고 물어본 거였냐고. 교활해서 방심할 수 없는 아저씨다.

"뭐…… 아빠가 좋아하는 사람이랑 하는 거라면 난 괜찮아."

어차피 난 앞으로 몇 년 지나면 집에서 나갈 생각이다. 그때까지 착한 아들을 연기하면 그만이다.

"마사키가 결혼에 찬성해서 다행이야. 미사키 씨도 분명 기뻐할 거야."

아버지의 재혼 상대의 이름은 미사키 씨인 모양이다.

스마트폰으로 사진을 보니, 윤기가 흐르는 흑발에 사근사근한 웃음이 아름다운 사람이었다.

"잘됐네. 이 집도 우리 둘이 쓰기에는 너무 넓었는데, 셋이면 적적하지 않겠어."

"아, 셋이 아니야. 실은 미사키 씨한테는 딸이 있거든."

"애가 있다고?!"

"아마 너보다 약간 연하였던 걸로 기억한다. 그러니까 4인 가족이 되는 거지."

아, 아니, 잠깐만!

아버지의 재혼만으로도 충격인데 연하 여자애까지 들어온다고?

약간 연하면, 뭐 중학생쯤 되는 건가?

여중생이라니, 한창 반항기잖아.

그 나이대 여자애랑 갑자기 같이 생활하라고? 절대로 잘 될 리가 없다.

여중생에게 갑자기 같이 살게 된 남고생(미남 아님)은 잘 쳐줘야 공기 취급이고, 대부분은 병균 이하의 취급일 것이다.

내 집에서만큼은 평안해야 하는데, 엄청 신경을 쓰게 될 것 같다. 도무지 친하게 지낼 자신이 없다.

●

아버지의 재혼은 물론 찬성이다. 하지만 새로 생길 의붓 동생을 생각하면 기분이 우울해진다.

그런 침울해진 기분 그대로 미사키 씨와 그 딸과 만나는 날이 찾아왔다.

만남의 회장은 카구라자카 돌길 옆에 있는 세련된 독채 레스토랑이었다.

평소에 외식은 동네 중국집이나 패밀리 레스토랑이 주였으므로 이런 가게에 오면 좀 긴장된다.

옷도 아버지가 일부러 오늘을 위해 새 재킷을 사줬다.

항상 입어서 익숙한 헐렁한 스웨트셔츠가 아니다. 덕분에 무의식적으로 힘이 들어갔다.

레스토랑에 들어가자 예약한 개인실로 안내를 받았는데, 미사키 씨 일행은 아직이었다.

그래서 마음을 한 번 가라앉히기 위해 화장실로 향했다.

볼일을 다 본 후, 손을 씻으면서 거울에 비치는 자신을 보고 웃는 연습을 해봤다.

키가 크고 눈매가 사나워서 처음 보는 사람이 무서워하는 경우가 많다. 유치원생 정도의 아이라면 마주친 것만으로 울지도 모른다.

전에도 카스미한테 얼굴이 무서워서 나나세가 기겁했다는 말을 들었었지.

그래서 조금이라도 좋은 인상을 줄 수 있도록 며칠 전부터 거울 앞에서 웃는 연습을 했다.

하지만 어떻게 해도 부자연스럽고 기분 나쁜 표정이 나올 뿐이었다.

뭐, 무뚝뚝한 것보다는 낫겠지.

웃는 연습을 일단락 짓고 아버지가 있는 개인실 앞까지 돌아가자, 안에서 여자 목소리가 들렸다.

내가 화장실에 간 사이에 미사키 씨 일행이 도착한 모양이다.

잠시 심호흡하고 방금 막 연습한 웃음을 지으며 문을 열었다.

개인실에는 아버지와 미사키 씨와 중학생 여자애……가 아니라 중학생 여자애 대신 반 친구인 나나세가 있었다.

"어?! 나, 나나세?!"

"요츠모토 군?"

나나세는 감색 블라우스에 하얀 레이스가 들어간 스커트 코디였다. 교복을 입은 모습밖에 모르는 나에겐 아주 신선한 느낌이었다.

하지만 나나세의 귀중한 사복 차림보다 이곳에 나나세가 있는 게 더 충격이라, 난 문을 열었을 때 지은 웃음 채로 굳어버렸다.

나나세도 놀라움과 당황이 뒤섞인 표정으로 작은 입을 뻐끔거렸다.

"어머, 둘이 아는 사이니?"

미사키 씨도 나나세 정도는 아니지만 놀란 표정을 짓고 있었다.

놀랐을 때의 눈매가 닮아서 두 사람이 부모와 자식이라는 생각이 들었다.

"아, 처음 뵙겠습니다, 요츠모토 마사키라고 합니다. 나나세하고는 같은 반입니다."

여러 패턴을 예상하고 첫인사를 준비했는데, 모든 상정을 벗어난 상황이 벌어지고 말았다.

그건 그렇고 이거 어쩔 거야. 처음 만나는 미사키 씨는 그렇다 쳐도, 반 친구 앞에서 '처음 뵙겠습니다'는 너무 어색하잖아.

가볍게 머리 숙여 인사하고 다시 고개를 들었을 때 나나세 쪽을 보니 아직도 입을 뻐끔거리고 있었다.

나나세 주위만 산소가 희박한 걸까.

"저야말로 처음 뵙겠습니다. 나나세 미사키입니다. 앞으로 잘 지내자. 마사키 군."

정중하게 인사하는 미사키 씨. 전에 아버지가 보여준 사진보다 훨씬 더 아름다웠다.

만약 나나세의 언니라고 소개를 받았으면 그대로 믿었을 것이다.

미사키 씨는 인사를 끝내고 옆에 있는 나나세에게 너도 인사하라고 재촉하듯이 허리 부근을 탁탁 쳤다.

나나세는 작게 헛기침하고,

"처, 처음 뵙겠습니다. 나나세 클로에입니다. 요, 요츠모토 군에겐 평소 신세를 많이 지고 있습니다."

나나세는 아버지가 있는 쪽을 보며 학교에서는 들을 수 없는 긴장한 목소리로 인사했다.

부모의 재혼 상대에게 딸린 아이가 반 친구라는 나의 예상을 벗어나는 사태는 분명 나나세에게도 예상을 벗어나는 사태일 것이다.

아버지는 나나세의 인사에 나야말로 잘 부탁한다고 대답하고 서서 이야기하는 것도 뭣하니 테이블에 앉으라고 권했다.

나와 아버지가 나란히 앉으면 필연적으로 내 맞은편에

는 나나세가 앉게 된다.

나와 눈을 마주치지 않으려는 건지 눈을 내리뜨는 나나세.

나도 이런 자리에서 반 친구랑 마주 보고 앉을 줄은 몰라서 어떻게 하면 좋을지 모르겠다.

아무튼 지금은 이 만남이 무사히, 그리고 빨리 끝나길 바라 마지않았다.

●

나나세네 가족과 만남이 끝나고 집으로 돌아와 샤워한 나는 지쳐서 침대에 털썩 쓰러졌다.

맛있어 보이는 요리였는데 정작 맛은 기억조차 나지 않는다.

평소와 달리 어깨에 힘이 들어갔고, 이야기할 때도 말을 가려서 하려고 머리도 썼다.

앞으로 줄곧 그러고 산다고 생각하니 벌써 몸이 축 늘어진다.

그건 그렇고 아버지가 말한 약간 연하인 여자애가 설마 나나세라니, 아직도 믿기지 않는다.

확실히 난 5월생이니 동급생 중에서 생일이 빠른 편이다. 아마 나나세보다도 빠르겠지. 하지만 그건 동갑이지, 연하라고 표현하지는 않잖아.

외모가 또래보다 앳되긴 하지만.

나나세는 앞으로 나와 같이 사는 걸 어떻게 생각하고 있을까.

만남의 자리에서는 노골적으로 싫은 표정을 짓지 않았으니…… 일단 내 인상이 절망적으로 나쁘진 않은 것 같다.

덧붙여 말하자면 난 나나세랑 같이 생활하는 건 좀 번거로운 상황이다.

물론 나나세와 같이 살면 눈 호강은 하겠지.

하지만 같이 사는 사실이 반 친구들에게 들키면 남학생들의 시기와 질투를 살 거다.

풍파를 일으키지 않고 평온하게 살아가고 싶은 나에겐 중대한 문제다.

크게 한숨을 쉬고 위를 보고 돌아누워 주머니에서 스마트폰을 꺼냈다.

눈 부신 천장의 조명을 스마트폰으로 가리고 등록된 지얼마 안 된 나나세의 연락처를 바라봤다.

회식이 끝날 무렵에 미사키 씨가 앞으로 가족이 되니 연락처를 가르쳐달라고 해서 나나세하고도 같이 연락처를 교환했다.

남학생이라면 누구나 원하는 나나세의 연락처를 이런식으로 얻을 줄이야.

아무래도 죄책감이 좀 느껴진다.

하지만 모처럼 연락처를 받았으니 인사 메시지 정도는 보내는 편이 좋겠지.

평소에 보내는 LINE 메시지가 연락이나 보고뿐인 나에게 세련된 인사는 여름 방학에 쓰는 독후감만큼이나 어려운 과제다.

무난한 내용에 약간 친근감이 느껴지는 메시지를 생각했다.

'오늘은 수고했어. 앞으로도 잘 부탁해.'

심하게 딱딱하다. 재미도 감정도 뭣도 없다. 너무 판에 박힌 문장이었다.

'갑작스러워서 놀랐을 텐데, 학교에서 볼 때랑 같은 느낌으로 잘 부탁해.'

학교에서 볼 때랑 같은 느낌이 뭐냐. 평소엔 인사밖에 안 하는데.

이러면 내가 나나세랑 이 이상 친해질 생각은 없다는 느낌이 들잖아.

'앞으로는 의붓남매니까 오빠라 불러도 돼.'

이딴 소릴 했다가는 두 번 다시 말을 걸어주지 않을지도 모른다. 자칫 아버지의 결혼마저 깨질지도 모른다.

이거 진짜 너무 어렵다.

침대에 누워 썼다가 지우기를 반복하고 있으니, 평소보다 긴장된 시간을 보낸 피로 때문인지 눈꺼풀이 무거워지기 시작했다.

졸면서도 스마트폰을 계속 쥐고 있었지만 머지않아 기억도 의식도 뚝 끊어져 버렸다.

붕~, 붕~, 붕~

알람이 설정되어 있던 스마트폰의 진동 소리에 퍼뜩 깼다.

커튼 틈으로는 아침 해가 들어왔고, 스마트폰 시계는 일어날 시간을 표시하고 있었다.

이상한 자세로 자서 어깨가 아팠다.

어깨를 돌리고 가볍게 스트레칭하고 있을 때 문득 떠올랐다.

그렇지, 나나세한테 보낼 메시지를 생각하다가 잠들어 버렸구나.

한 번 더 앱을 켜서 나나세와의 대화 화면을 본 순간, 반쯤 졸고 있던 내 뇌는 단숨에 깨어났다.

'나와 함께 행복해지자.'

뭐, 뭐야, 이거?!

화면에는 보낸 기억이 없는 메시지가 송신되어 있었고, 나나세가 읽었다는 표시가 되어 있었다.

설마 잠든 의식 속에서 이런 메시지를 보내 버린 건가?!

마치 내가 나나세한테 프러포즈한 것 같잖아!

이미 상대가 읽었으니 회수할 수도 없다.

나나세가 이 메시지를 나의 어설픈 농담이라 생각하면 좋겠지만, 답장이 없는 걸 보니 그럴 가능성은 희박했다.

어쩌지? 지금이라도 '물론 가족으로서'라고 덧붙일까?

아니, 이것도 안 된다. 이게 유효한 건 메시지를 보낸 직후에 연속으로 보낸 경우다. 지금처럼 하룻밤 지나서, 게다가 나나세한테서 답장이 계속 안 오는 상황에 '물론 가족으로서'라고 보내면 노골적으로 얼버무리듯이 보일 거다.

큰일이네. 손 쓸 방도가 없다.

머리를 싸매고 한 번 더 침대에 쓰러진 그때,

붕, 붕

알람과는 간격이 다른 진동. 메시지가 새로 온 것을 알리는 것이다.

혹시 나나세가 답장을 보낸 건가?!

서둘러 확인하니 새 알림란에 '나나세 클로에'라는 표시가 있다.

순간 심장이 크게 뛰었다.

'오늘 점심시간에 구교사 옥외 계단에서 기다리겠습니다.'

이모티콘도 스티커도 없는, 문자만 있는 간소한 메시지였다.

이거, 아무래도 진지하게 혼날 모양이다.

——점심시간

하늘을 올려다보면 빠져들 것만 같은 푸르른 하늘이 펼쳐져 있지만, 내 마음은 흐리기를 넘어서 폭풍이 휘몰아쳤다.

오늘 아침에 받은 메시지에서는 점심시간에 구교사 옥외 계단에서 기다리겠다고 했는데, 아직 나나세의 모습은 보이지 않았다.

아까 내가 교실에서 나올 때 반 친구가 말을 거는 걸 봤으니 조금 늦을 것이다.

역시 이런 인기척이 없는 곳으로 불러냈다는 건,

'이런 메시지를 보내다니, 대체 무슨 생각이죠? 요츠모토 군은 변태인가요? 신변의 위협이 느껴져서 어머니께 결혼을 다시 생각해달라고 부탁했어요.'

그런 식으로 비난을 받는 걸까.

잠든 의식 속에서 보내 버렸다고는 해도, 나 때문에 아버지의 결혼에 영향을 끼치는 건 피하고 싶다.

아니면 나나세 클로에 친위대가 나타나 나나세에게 주제넘은 짓을 하지 않도록 교육적 지도를 받게 되는 걸까.

뭐, 나나세 클로에 친위대라는 게 존재하는지는 모르겠

지만.

"죄송합니다. 늦었어요."

계단을 뛰어 올라온 나나세는 숨을 약간 헐떡였다.

"저, 전혀 안 기다렸어. 나도 방금 왔어."

나나세가 오기 전부터 긴장하고 있었는데 그녀의 목소리를 들으니 갑자기 몸이 뜨거워지고 입 안의 수분이 어딘가로 사라져 버려서 말이 잘 나오지 않았다.

"제가 불렀는데 늦다니, 제 잘못이에요."

"진짜 신경 안 쓰고 있으니까 괜찮아."

"그, 근데, 요츠모토 군은 오늘 점심밥은 안 들고 왔죠?"

나한테서 시선을 피하며 묻는 나나세.

"그렇긴 한데, 그게 왜?"

내 대답을 들은 나나세는 계단의 첫 번째 단에 오도카니 앉아 그 옆에 있는 공간을 가리키면서 나에게 앉으라고 재촉했다.

나의 생살여탈권은 나나세에게 있으니 난 잠자코 따를 수밖에 없다.

"도시락 만들어 왔는데 괜찮으면 먹을래요?"

"도, 도시락?!"

"전에 도움받은 답례를 아직 못해서……."

"답례라니, 신경 안 써도 되는데."

"그렇게 말할 줄 알았어요. LINE에 안 쓰길 잘했네요."

그렇군. LINE에 쓰면 내가 굳이 그렇게 신경 안 써도 된다고 답장했을 테니까.

분위기를 보니 내가 잘못 보낸 '함께 행복해지자'는 농담으로 받아들인 모양이다.

이것 때문에 계속 속이 쓰렸는데, 이로써 겨우 그 속쓰림에서 해방이다.

"답례라 해도 대단한 도시락은 아니지만, 받아줄래요?"

나나세는 토트백에서 랩에 싸인 주먹밥과 반찬이 든 밀폐용기를 건네면서 웃는 얼굴로 말했다.

그렇게 웃으면서 말하는 건 좀 반칙이다.

"물론이지. 모처럼 나나세가 만들어줬으니까."

나나세가 준 도시락은 가다랑어포 주먹밥, 시금치 무침, 살짝 달콤한 계란말이 등, 전부 매일 먹어도 질리지 않는 자극적이지 않은 맛이었다.

"어제 만났을 때 먹은 게 본격적인 양식이라서 딱 좋아."

"저도 그럴 거 같아서 깔끔한 음식으로 준비했어요."

약간 의기양양한 표정을 짓는 나나세.

"그건 그렇고 어제는 놀랐어."

"저도요. 엄청 놀랐어요."

"그렇겠지. 나도 아빠가 살짝 연하의 여자애라고 하기에 중학생 정도를 생각했는데, 막상 가니 나나세가 있더라고."

"그 말은 즉 저보다 어린 여동생을 원했다는 뜻인가요?"

나나세는 눈을 가늘게 뜨면서 입을 삐죽 내밀고 삐진 듯한 표정으로 날 올려다봤다.

혹시 나한테 로리콘 속성이 있나 의심하는 건 아니겠지?

"그런 게 아니라, 중학생 정도면 한창 반항기잖아."

"뭐, 보통은 그렇죠."

"그래서 그 나이대 아이랑 잘 지낼 수 있을지 걱정이었거든."

"저도 잘 놀거나 인싸인 대학생이면 어떻게 할지 고민했는데, 요츠모토 군이 오빠가 된다는 걸 알아서 안심했어요."

나나세에게 난 그저 무해한 존재라는 뜻인가. 그다지 좋아할 수 없는데.

그래도 앞으로 새롭게 가족으로 지낸다면 그게 좋을지도 모른다.

미움받고 싶진 않지만 거리가 너무 가까운 것도 좋지 않다.

나나세는 나를 현관 앞에 놓인 시가라키야키* 너구리 장식 정도로 여기는 게 좋을지도 모른다.

도시락을 다 먹고 종이팩에 든 차를 마시며 한숨 돌렸다.

지금 생각해 보면 이때의 나는 긴장이 풀려있었다.

어젯밤에 잘못 보낸 '나와 함께 행복해지자'에 대해 추궁당하지 않아서 분명 나나세가 '(가족으로서) 나와 함께 행복해지자'는 의미로 받아들였다고 생각했다. 답례로 도시

---

*시가현 시가라키 일대에서 만들어지는 도기의 총칭. 너구리 장식이 유명하다.

락을 만들어주고, 가족이 다 같이 만났을 때의 이야기도 싹싹하게 해줬고…….

그래서 긴장이 풀려 무심코 말해 버렸다.

"도시락 잘 먹었어. 이렇게 맛있는 요리라면 매일 먹고 싶네."

"그, 그 말은, 역시……."

고개를 숙이면서 귀까지 빨갛게 물들이는 나나세.

이런, 화나게 해버렸나?

"나, 나나세, 지금 한 말은 매일 먹고 싶어질 정도로 맛있다는 뜻이지, 결코 앞으로 매일 도시락을 만들어줬으면 좋겠다는 뜻이 아니야."

"어, 그, 도시락은…… 이사가 끝나면, 1인분 만드는 거나 2인분 만드는 거나 별 차이 없으니까 걱정하지 마세요."

"아니, 그렇게 나나세에게 부담을 주는 건 미안한데──."

"그렇지 않아요. 오히려 같이 살고 있는데 제 몫만 만들고 요츠모토 군의 몫을 만들지 않는 게 이상하잖아요? 그리고 매일 먹고 싶다는 말을 들으면……."

옆에 앉아있는 나나세는 날 보고 내 말이 끝나기도 전에 말했다.

하지만 끝부분은 어째 우물거려서 잘 들리지 않았다.

계단에 나란히 앉아있어서 거리가 가까웠는데, 새삼 바라보니까 가까이 있다는 게 더더욱 잘 느껴졌다.

역시 나나세는 너무 귀엽단 말이야.

녹안이지만 갈색이 살짝 들어가 있구나. 속눈썹도 길고 피부도 곱다고 생각하며 한순간 그녀를 넋 놓고 봤다.

"그, 그러면 진짜 부담되지 않는 범위 안에서 부탁드립니다."

도시락을 거절할 이유가 더 이상 생각나지 않는다. 나는 결국 그녀의 기백에 밀려 도시락을 만들어 달라고 부탁했다.

하지만 이때는 몰랐다.

나나세가 내 말을 그런 식으로 받아들였을 줄은.

●

상견례 날로부터 3주 정도 지나 순식간에 나나세네 가족이 우리 집으로 이사 오는 날이 찾아왔다.

미사키 씨가 현관에서 앞으로 잘 부탁드립니다, 라고 인사했을 때는 이 자리에 나나세가 있는 게 뭔가 굉장히 어색하게 느껴졌다.

나나세는 익숙하지 않은 곳이라 긴장하고 있을 텐데, 나도 마음이 안정되지 않고 들떠서 어쩐지 내 집이 아닌 것 같은 느낌이었다.

오늘 저녁은 같이 살기 시작한 것을 축하하는 의미로 스시 배달을 시켰다.

"요츠모토 군, 거기 있는 간장 좀 줄 수 있나요."

나나세의 몫뿐만 아니라 미사키 씨의 몫도 같이 줬다.

줄곧 두 개만 쓰던 식탁의 의자가 넷 모두 채워졌다.

각자 앉은 위치는 이전에 만났을 때와 똑같았다. 즉, 내 맞은편에는 나나세가 앉아있다.

그녀를 똑바로 보면서 먹는 건 어쩐지 부끄러워서 시선이 스시로만 향했다.

"클로에, 그 성게랑 엄마 붕장어랑 바꿔줄까?"

"어, 그……."

"왜 그래? 붕장어 좋아하잖아."

미사키 씨의 제안에 잠깐 날 보고 손으로 머리카락을 빙글빙글 꼬듯이 만지작거리는 나나세의 몸짓이 눈에 띄었다.

내 붕장어도 노리는 건가? 나도 좋아하니까 안 줄 거라고.

"……오, 오늘은 됐어."

그렇게 말하더니 성게 군함말이를 덥석 입에 넣었다.

그러자 와사비가 매운지 괴로운 듯이 얼굴을 찌푸리더니 차로 스시를 넘겼다.

"괜찮아? 성게 잘 못 먹는 거 아니었어?"

아, 와사비가 아니라 그쪽이 문제였나.

"괜찮아…… 이제 아이가 아니니까 이런 맛도 먹을 수 있어."

아니, 반응은 전혀 괜찮지 않았는데?

머리카락을 빙글빙글 만지작거린 건 성게를 잘 못 먹는 걸 내게 숨기려고 했던 건가.

내 붕장어까지 노린다는 엉뚱한 의혹을 품은 건에 관해서는 마음속으로 사과했다.

"나나세, 잘 못 먹는 게 있으면 바꿔줄게. 혹시 캘리포니아 롤이나 아보카도말이가 더 좋아?"

나나세는 쿼터 혼혈이니 일반적인 스시보다 그런 걸 더 좋아할지도 모른다.

"요, 요츠모토 군, 무슨 소릴 하는 거예요. 전 일반적인 스시를 더 좋아하고, 성게는 우연히 어렸을 적에 잘 못 먹었을 뿐이에요!"

역시 성게를 잘 못 먹는구나.

"얘, 클로에, 슬슬 마사키 군이라 불러도 되지 않니?"

새우 스시를 입에 집어넣은 나는 미사키 씨가 갑자기 한 말을 듣고 그만 기침이 나올 뻔했다.

"아니, 엄마, 갑자기 무슨 소리 하는 거야!"

"이제 같이 사는 사이인데, 계속 요츠모토 군이라 부를 순 없잖아?"

"그건 그렇지만……."

미사키 씨는 저렇게 말했지만, 나도 아직 나나세를 클로에라고 부르지 못한다.

나나세가 날 마사키라고 부르게 되면 나도 필연적으로 나나세를 클로에라고 불러야 할 텐데.

물론 가족이니 서로 성이 아니라 이름으로 부르는 게 일반적이다.

하지만 우리는 지금까지 학교에서 부르던 호칭이 있다. 하루아침에 바꾸는 건 좀처럼 쉽지 않다.

부탁이야, 나나세. '조만간에……' 정도로 얼버무려.

난 나나세에게 그런 마음을 담은 시선을 보냈다.

그러자 시선이 통했는지 나나세는 나와 시선을 맞추고 작게 고개를 끄덕였다.

"……마, 마사키 군."

옆에서 맥주를 마시는 아버지와는 달리 술에 취하지 않았을 텐데, 나나세는 볼을 약간 붉히고 살짝 올려다보면서 내 이름을 불렀다.

시선, 안 통한 거냐고.

"나나세, 오늘은 아직 첫날이니까 무리해서 이름으로 부르지 않아도 괜찮아."

나는 미약한 기대를 담아 문제를 미룰 것을 제안했다.

그러자 나나세는 고개를 들고 꼭 다문 입을 열었다.

"저, 전혀 무리하지 않았어요. 아, 혹시 마사키 군이 이름보다 오빠, 오라버님, 형님이라 불리는 게 좋으면 그렇게 할게요."

"좋네. 모처럼 남매가 됐으니까 그런 것도 나쁘지 않겠어. 마사키 군은 몸도 크니까 오빠 같은 느낌도 나고."

미사키 씨, 생글생글 웃으면서 고개를 끄덕이고 있는데 이 상황을 즐기고 있는 것 아닌가요?

일단 오빠나 오라버님이라 부르는 건 막아야 한다.

만일 학교에서 나나세가 날 오빠라 부르면 대체 얼마를 주고 나나세한테 그런 짓을 시키냐고 오해를 살 거다.

"미사키 씨, 아무리 그래도 같은 반인데 그건 좋지 않은 거 같아요. 차라리 그냥, 그⋯⋯ 이름으로 부르는 게⋯⋯."

이름으로 불리기만 해도 가슴이 철렁 내려앉는다.

그렇다고는 해도 형님이나 오빠보다는 훨씬 낫다.

"그러면 마사키 군은 절 뭐라고 불러줄 건가요."

이럴 줄 알았다. 역시 나한테까지 불똥이 튀었다.

날 이름으로 부르는 것도 벌써 익숙해졌는지 나나세는 약간 여유로운 웃음을 지으면서 물었다.

나나세의 휙휙 바뀌는 표정은 정말 바빠 보였다. 하지만 그 표정을 보고 있어도 질리진 않았다.

"나는 당분간은 나나세라고——."

"안 돼요. 클로에가 좋아요."

무리무리무리.

지금까지 나나세라 불렀는데, 갑자기 클로에라고 어떻게 불러.

지금 나나세는 자기가 먼저 날 이름으로 부르고 우위를 점해서 그런지 평소보다 강경한 느낌이 들었다.

"하지만 나나──."

"클로에에요."

"크, 클로에."

"아, 으, 네……."

그저 이름을 불렀을 뿐.

그것도 앞으로 함께 살 의붓동생의 이름이다.

가족이니까 이게 당연한 절차라는 건 알고 있다.

하지만 그녀의 이름을 부른 순간, 입 안은 바싹바싹 마르고 얼굴과 등에는 열이 단숨에 올라 땀이 난다.

거울을 보지 않아도 귀까지 빨개져 있다는 걸 알 수 있을 정도로 몸이 뜨겁다.

심장이 평소와 비교도 안 될 정도로 날뛰는 탓에 그걸 억제하는 갈비뼈가 아팠다.

이런 느낌으로 같이 살면 난 고등학교를 졸업하기 전에 죽지 않을까.

한편 이름을 불린 나나세는 순식간에 하얀 피부가 상기되어 딱 참치 중뱃살과 좋은 승부를 겨룰 수 있는 색이 되었다.

오늘은 특상 스시를 시켰는데, 이래서는 상견례를 한 날과 마찬가지로 맛은 전혀 기억 못 할 것 같다.

●

　왠지 스시의 양 이상으로 배가 부른 느낌이 든다.

　내 방에 있는 침대에 바로 누워서 천천히 숨을 쉬어 마음과 배를 진정시켰다.

　여자애 이름을 부르는 정도로 그렇게 두근거려서 어떡하자는 거냐.

　지금도 카스미는 이름으로 부르고 있지 않은가. 그거랑 똑같다.

　앞으로 가족으로서, 의붓남매로서 같이 살아가는데 일일이 두근거리면 몸이 못 버틴다.

　자신의 낮은 이성 내성이 한스럽지만, 어쩔 도리가 없다.

　일단 나나세와 같이 생활하는 데 빨리 익숙해질 수밖에 없다.

　똑똑.

　누가 방문을 경쾌한 리듬으로 노크했다.

　"요츠모토 군, 지금 잠깐 이야기할 수 있나요."

　예상치 못한 나나세의 갑작스러운 방문에 놀라서 일어났다.

보면 안 되는 건 없겠지?

방 안을 확인하고 들어오라고 대답했다.

"실례합니다."

"그렇게 너무 예의 차리지 마."

문을 닫으면서 내 방을 둘러보는 나나세의 시선을 쫓았다.

"요츠모토 군의 방, 생각보다 깨끗하네요."

대체 어떤 방을 상상한 거지.

"뭐, 그렇지."

나나세네 가족이 이사 오기 전에 안 쓰는 물건을 처분했는데, 그때 내 방도 대청소 해두길 잘했다.

침대에 걸터앉은 나는 나나세에게 공부용 책상에 앉는 의자에 앉도록 권했다.

아무래도 침대에 둘이 나란히 앉는 건 좋지 않다.

"문에 '마사키'라고 적힌 문패는 오늘 달았나요?"

"어, 모르는 사이에 아빠가 달아 둔 것 같더라. 나나세의 방문에는 '클로에'라고 적힌 게 달렸지?"

무슨 초등학생도 아니고, 이 나이에 문패 같은 걸 달 필요는 없는데.

"네. 왠지 오래전부터 요츠모토 군과 남매인 것 같은 느낌이 나네요."

"어라? 호칭, 원래대로 바꿨어?"

요츠모토 군이라 불리는 게 익숙해서 처음엔 못 알아차

렸는데, 이 방에 왔을 때부터 호칭이 원래대로 돌아갔다는 느낌이 들었다.

"아까는 어머니가 그런 식으로 말해서 했지만, 역시 익숙하지 않다고 해야 할지, 쑥스럽다고 해야 할지……."

"그렇지. 나도 엄청 쑥스러웠으니까."

"하지만 어머니의 마음도 이해해요."

"미사키 씨?"

"분명 저희가 빨리 마음을 터놓길 바랄 거예요."

나나세의 말은 일리 있다.

이사하고 정리하고 있을 때 본 아버지와 미사키 씨의 모습은 정말 사이좋아 보였다.

거기에 나와 나나세가 더해졌을 때, 우리 사이에 거리가 있으면 가족으로서 일그러진 느낌이 들 것이다.

"그러니 우선은 어머니와 아저씨 앞에서만이라도 서로 이름으로 부르면 좋겠어요."

"그래, 시작은 그렇게 해도 괜찮겠지. 갑자기 같은 집에서 생활하게 됐고 오늘부터 가족이라고 해도, 바로 유대감이 생길 것도 아니니까. 앞으로 같이 살면 화나는 일도 있겠지만, 그런 것도 포함해서 즐겁다거나 행복하다고 느낄 수 있게 됐으면 좋겠어."

"또, 또, 그런 말을……."

나나세는 무릎 위에 둔 손을 세게 쥐고 고개를 숙여버

렸다.

왜 그래? 내가 이상한 말을 했나?

생활 양식이 다른 가족이 함께 지내는 거니, 처음엔 잘 맞지 않아서 화나는 일도 있을지도 모른다고 생각해서 그렇게 말한 건데, 별로였나?

"나나세, 내가 이상한 말을 했을까?"

"이름을 부르는 건 쑥스럽다고 생각하면서, 왜 그런 말은 가볍게 하는 건가요?"

"그런 말?"

"그래요. LINE 메시지나 얼마 전에 같이 도시락을 먹었을 때도 그래요."

무슨 소리지? 무슨 말을 하는 건지 전혀 모르겠다.

혹시 내가 자각 없이 괴롭히고 있었나?

"저기, 내가 무의식중에 나나세가 싫어하는 짓을 했다면 미안."

"무의식이라니…… 정말이지, 진짜 정말. 내가 얼마나 생각해서…….."

뭔가 우물우물 중얼거리는 나나세.

큰일이다. 왜인지는 모르겠지만 나나세를 화나게 해버렸다.

의자에서 일어난 나나세는 분위기가 확 바뀌었다.

평소에는 같은 반 여자에게 귀여움받는 아기 고양이 같

은 분위기인데 지금은 같은 고양잇과라도 호랑이나 표범 같은 분위기다.

그리고 고혹적인 눈빛으로 바라보니 나는 눈을 돌릴 수 없었다.

나나세가 한 걸음 다가와서 거리를 좁혔다.

난 침대에 손을 짚고 몸을 뒤로 젖혀 거리를 유지하려고 했다.

"역시, 계속 못 알아차리고 있었네요."

나나세도 침대에 손을 짚고 나와의 거리를 더욱 좁혔다.

큰일이다. 이 이상 상체를 젖히는 건 힘들다.

"저, 저기 나나세 양, 혹시 화내고 있나요?"

"그렇지 않아요. 그저 요츠모토 군은 죄 많은 사람이라고 생각하고 있을 뿐이에요."

"죄, 죄 많은 사람이라니?"

"저도 일단은 적당히 나이가 있는 여자애니까 함께 행복해지자는 말을 들으면……."

난 나나세의 말을 듣고 자신이 착각했다는 걸 겨우 깨달았다.

역시 나나세는 그 메시지를 프러포즈로 받아들이고 있었구나.

그렇게 깨달은 순간 도시락을 같이 먹었을 때와 지금 이야기한 게 주마등처럼 지나갔다.

'나와 함께 행복해지자.'

'이렇게 맛있는 요리라면 매일 먹고 싶네.'

'화나는 일도 있겠지만, 그런 것도 포함해서 즐겁다거나 행복하다고 느낄 수 있게…….'

프러포즈에 쓸법한 말을 마구 지껄였어!

그 사실을 깨달았을 때는 나나세의 얼굴이 주먹 하나 정도 거리까지 다가와 있었다.

나나세의 숨소리가 똑똑히 들렸고 그녀의 플로럴한 향기가 나까지 감쌌다.

어떻게 목욕하기 전인데 이렇게 좋은 향이 나는 거지.

이렇게 가까운 거리와 향기 때문에 아까 이름을 불렀을 때보다 더 얼굴이 뜨거워졌다.

심장이 폐를 압박해서 숨을 잘 쉴 수가 없었다.

"그, 그건, 그러니까 무의식적으로 한 말인데——."

"그럼 요츠모토 군은 아무한테나 무의식적으로 그런 말을 하나요?"

"아니. 그럴 리가. 애초에 말할 상대도 없어."

"없나요……."

"무, 물론."

한 번 눈을 감고 숨을 들이쉬는 나나세.

"전, 함께 행복해지자는 메시지를 받았을 때 뭐라 답장하면 좋을지 몰랐어요. 하지만 지금이라면 말할 수 있어요."

"엑?!"

나나세와의 거리가 더더욱 좁혀져 난 결국 눈을 감아 버렸다.

하지만 나와 나나세의 거리가 0이 되는 일은 없었다.

대신 나나세의 한숨 섞인 목소리가 귀를 간질였다.

"부족한 사람이지만 앞으로 오래오래 잘 부탁드립니다."

【막간 1】 나나세 클로에의 비망록 1

내 방에 돌아온 나는 새 시트가 깔린 침대에 뛰어들듯이 누웠다.

요츠모토 군의 집으로 이사하고 오늘부터 새로운 생활이 시작됐다.

그러나 나는 첫날부터 갑자기 실수를 저질렀다는 마음으로 가득했다.

저녁을 먹은 후에 요츠모토 군의 방에 갔다.

그날부터 계속 신경 쓰였던 걸 확인하고 싶었기 때문이다.

그런데 그렇게 돼버리다니.

무심코 오래오래 잘 부탁드립니다, 라고, 말해버렸다.

하지만 그건 분명 요츠모토 군이 지금까지 무의식중에 몇 번이나 착각할 말을 했기 때문이다.

게다가 다른 누구에게도…… 항상 요츠모토 군 옆에 있는 쥬몬지가오카 양에게도 그런 말은 안 한다고 말했다.

정말이지 기가 막힌다.

상견례를 한 그날, 침대에 들어가기 직전에 요츠모토 군한테서 온 메시지는 예상치 못한 내용이었다.

지금까지 좋아한다거나 사귀어달라는 말을 들은 적은 있었다.

하지만 함께 행복해지자는 말을 들은 건 처음이었다.

하물며 요츠모토 군과는 앞으로 가족이 되는 사이다.

왜 그런 메시지를 보냈는지 늦게까지 생각하고 말았다.

그리고 다음 날 아침, 요츠모토 군에게 점심을 같이 먹자는 메시지를 보냈다.

지난번에 도움을 받은 것에 대한 사례라는 딱 좋은 구실도 있었고.

도시락을 먹으면서 대화하면 화기애애하게 메시지의 진의를 물어볼 생각이었는데 '이렇게 맛있는 요리라면 매일 먹고 싶네'라는 말을 들었다.

——요츠모토 군은 정말 그런 의도로 말한 걸까.

——그야 남매라고는 해도 의붓남매니까.

——하지만 요츠모토 군에 대해서는 잘 모르고.

하지만 이상하게 싫은 기분은 안 들어서 계속 고민하고 있었는데…….

있었는데…….

그런데…….

오늘 보여준 그 천연덕스러운 모습이라 해야 할까, 뭐라 해야 할까.

그 후의 일은 기억이 좀 애매하다.

일종의 폭주라 해야 할까, 아니면 이성을 잃는다는 게 그런 느낌일까.

자신도 잘 모르겠다.

하지만 그건 꼭 프러포즈에 대한 대답 같다.

무슨 말을 할지 생각하고 말한 건 아니다.

반사적으로 튀어나온 말이 그대로 입에서 흘러나왔다.

요츠모토 군이 좋은지 싫은지를 따지면 싫지는 않다는 게 현재의 기분.

그보다 난 아직 누군가를 좋아하는 감정이 잘 이해되지 않는다.

고백받을 때 좋아한다는 말을 듣지만, 지금까지 인사밖에 한 적 없는 사람이나 거의 면식이 없는 사람한테 그런 말을 들어도 어떻게 하면 좋을지 모르겠다.

그들의 '좋아한다'는 어떤 것일까.

외모가 자기 취향이니까.

아니면 조금이라도 상대가 신경 쓰이면 좋아하게 되는 건가.

나와 요츠모토 군의 관계는 학교에서는 서로 인사하는 정도다.

가끔 학교에서 요츠모토 군을 무심코 바라보는 경우가 있다.

하지만 그건 분명 요츠모토 군의 몸이 크기 때문이라 생각한다. 몸이 크면 그만큼 시야에도 쉽게 들어오니까.

첫날부터 여러 감정으로 머릿속이 뒤죽박죽이다.

오늘 밤은 쉽게 잠들 수 없을 것 같다.

【제2화】 의붓동생과 소꿉친구

"부족한 사람이지만 앞으로 오래오래 잘 부탁드립니다."

숨결이 느껴질 정도로 가까이에 있는 나나세의 얼굴.

빨간 혀를 삐죽 내민 모습은 사냥감을 몰아넣은 포식자와 같았다.

오래오래 잘 부탁드린다니, 프러포즈에 답할 때 쓰는 말이지?

왜 나나세가 그런 말을…….

내가 프러포즈할 때 쓸법한 말을 몇 번이고 말해서 그런건가.

아니면 날 놀리는 건가.

침대에 걸터앉아 더 이상 몸을 기울일 수 없을 정도의 자세를 유지하고 있는 내 복근은 비명을 지르기 시작했다.

위, 위험해. 슬슬 한계.

그리고 더 다가오는 나나세에게 밀리듯이 난 결국 위를 보고 쓰러졌다.

침대 위에 네 손발을 짚고 엎드린 나나세의 긴 머리카락이 날 가리는 커튼처럼 아래로 드리워 달콤한 향기가 내 얼굴을 감쌌다.

"어머니나 아저씨가 이런 모습을 보면 어떻게 생각할

까요?"

"무, 무슨 소리야!"

덮쳐진 건 나잖아.

하지만 어떨까. 키가 180 이상인 나와 150 정도인 나나세의 체격 차이를 생각하면 나나세가 날 덮치는 건 보통 불가능하다.

그러니 내가 나나세에게 다가갔는데 어쩌다가 지금 같은 상황이 됐다고 해석되지 않을까.

——가능하다. 그럴 가능성은 충분히 있다.

그렇게 되면 난 위험인물이 되어 집에서 쫓겨나 기숙사제 남학교에 전학 가게 될지도 모른다.

똑똑똑

"클로에, 마사키 군의 방에 있어?"

망했다아아아!

문 너머로 들린 미사키 씨의 목소리에 체온이 확 내려가고 심장의 고동은 다른 의미로 오늘 가장 폭력적으로 움직이기 시작했다.

"마사키 군, 들어갈게."

미사키 씨, 전 들어와도 된다고 안 했어요. 오히려 절대로 들어오면 안 돼요!

지금이 아니더라도 남자애는 갑자기 들어오면 곤란한 경우가 가끔 있어요!

　잠깐 기다려주세요, 혹은 지금은 안 돼요, 하고 말하려 했으나 목에 공이라도 박힌 것처럼 목소리를 낼 수 없었다.

　내 생각을 무시하고 문고리가 짤깍 돌아가고 문이 천천히 열렸다.

　안돼애애애애애애……!

　"——군, 요츠모토 군."

　흔들흔들 어깨를 흔들리면서 이름을 불린 것을 알아차리고 천천히 눈을 떴다.

　아까 전까지 날 침대에 넘어뜨리고 있던 의붓동생이 시야에 들어왔다.

　"나, 나나세?!"

　나나세의 모습이 시야에 들어온 순간, 지진 때문에 잠에서 깼을 때처럼 한 번에 눈이 뜨였다.

　평소 같으면 서서히 활동을 시작하는 뇌가 오늘은 잠에서 깨자마자 최고 출력으로 활동을 시작했다.

　뇌가 너무 빨리 가동돼서 지끈지끈 아플 정도다.

　"저, 정말, 언제까지 잘 거예요. 느, 늦잠을 자도 정도가 있잖아요."

　방금까지 느껴졌던 요염한 분위기는 싹 사라진 나나세

가 내가 있는 쪽은 보지도 않고 수상쩍게 말했다.

……늦잠? 그런가, 아까 그건 전부 꿈이었나.

그래. 내가 한 프러포즈 같은 말에 나나세가 오래오래 잘 부탁드립니다, 라고 말할 리가 없다.

가족으로서, 남매로서 관계를 잘 형성해 나가야 하는데 이런 꿈을 꾸다니, 미쳤다.

"내가 그렇게 잤어?"

"이제 곧 낮이에요."

"진짜?!"

머리맡에 둔 스마트폰을 보니 나나세의 말대로 정오 전이었다.

"점심 준비할 테니까 먹을 거면 식당에 와주세요."

"알았어, 바로 갈게."

대답하자 나나세는 먼저 가 있을게요 라고 말하고 문을 열었을 때, 뭔가 생각난 것처럼 뒤돌아봤다.

"그, 그리고 어젯밤에 한 말은 어디까지나 앞으로 같이 잘 지내자는 의미로 한 말이에요."

그 말만 하더니 내 대답은 기다리지 않고 문을 힘차게 닫고 바로 나가버렸다.

어젯밤이라니?

침대에서 내려와 환기하기 위해 창문을 열고 크게 기지개를 켜면서 기억을 더듬어 생각해 냈다.

아까 꾼 꿈은 꿈이지만 꿈이 아니다.

어젯밤, 나나세는 분명 내 방에 왔다.

그리고 내가 지금까지 한 말과 행동에 관해 이야기하고 '부족한 사람이지만 앞으로 오래오래 잘 부탁드립니다'라는 말을 남기고 바로 자기 방으로 돌아갔다.

그 후, 난 내일부터 어떤 얼굴로 나나세를 대하면 좋을지 아침 무렵까지 고민했고, 겨우 잠들었을 때 그런 꿈을 꾼 것이다.

그렇게 고민했는데 맨 처음 보인 얼굴이 자는 얼굴이었던 건 무효로 하고 싶다.

앞으로 같이 생활하면서 난 나나세를 어떤 식으로 대하면 좋을까.

──나와 나나세가 의붓남매인 건 바꿀 수 없다. 결국은 가족으로서 즐겁게 지낼 수 있도록 노력할 수밖에 없다.

●

일단 세면대에서 세수만은 했는데 옷은 잘 때 입고 있던 헐렁한 티셔츠를 그대로 입고 있다.

동급생 여자애랑 같이 살게 됐다고 해도, 쉬는 날에 자기 집에서 좀 칠칠치 못한 모습으로 있어도 문제는 없을 것이다.

하지만 앞으로는 목욕을 마치고 덥다고 팬티 하나만 입고 있는 건 아무래도 자제하는 편이 좋겠지.

거실을 지나 식당까지 왔는데 아버지와 미사키 씨의 모습은 없었고, 대신 고소하고 맛있는 향이 났다.

주방에서는 감색 앞치마를 두른 나나세가 뭔가 조리하는 중이었다.

"나나세, 아빠랑 미사키 씨는?"

대면식 키친 카운터 너머로 물어보자, 나나세는 조리를 잠깐 멈추고 고개를 들었다.

"어머니와 아저씨라면 신주쿠에 쇼핑하러 갔어요."

"신주쿠까지?"

"새로운 생활을 시작하는데 갖고 싶은 물건이 이것저것 있다고 했어요."

"그래서 신주쿠에서 쇼핑 데이트를 하는 건가."

"같이 산다고 해도 저희가 같이 있으니까요. 그다지 신혼답지 않다고 해야 할까, 꽁냥댈 수 없잖아요?"

나나세, 꽁냥댄다는 말을 쓰는구나.

평소의 나나세를 생각하면 상상할 수 없는 말에 난 무심코 웃음이 터져 나왔다.

"왜, 왜 갑자기 웃는 거예요. 제가 이상한 말 했나요?"

얼굴이 상기되고 높이 튄 목소리를 내는 나나세.

"아니, 딱히 이상한 말은 안 했어."

"그럼 왜 갑자기 웃는 거예요."

"나나세도 꽁냥댄다는 말을 쓰는구나 싶어서."

"저도 그 정도는 평범하게 써요!"

"하지만 학교에선 그런 말을 하는 이미지가 없으니까."

"학교에선 그런 이야기를 안 할 뿐이에요."

나나세는 내가 웃은 이유를 듣자 놀란 표정에서 입을 삐죽 내밀고 불만스러운 표정으로 확 바뀌었다.

휙휙 바뀌는 표정은 보고 있으면 질리진 않지만, 그 말을 하면 혼날 것 같으니 마음에 담아두기로 했다.

"미안. 나는 나나세가 학교에서 어떤 대화를 하는지까지는 모르니까. 아는 거라고는 스노하라랑 사이가 좋다는 것 정도밖에 없어."

"저도 요츠모토 군이 쥬몬지가오카 양과 토리시마 군과 사이가 좋다는 것 말고는 잘 몰라요."

"그 둘하고 자주 있긴 하지."

"자, 점심 다 됐어요. 식기 전에 먹죠."

나나세는 그렇게 말하고 핫 샌드위치를 담은 접시를 건넸다.

난 그걸 테이블에 두고 조금이나마 돕기 위해 컵 두 개에 보리차를 따랐다.

먹기 쉽게 잘린 핫 샌드위치의 단면에서는 부드럽게 익은 계란과 두껍게 썬 베이컨, 양상추와 토마토가 모습을 살짝 내비쳐 색도 예뻤다.

""잘 먹겠습니다.""

크게 입을 벌려 앙 하고 덥석 물었다.

베이컨의 염분과 감칠맛이 계란, 야채와 어우러져 맛있다.

내가 항상 쓰는 주방일 텐데 어떻게 이렇게 맛있게 만들 수 있는 걸까.

"역시 나나세가 만든 요리는 맛있어. 계란을 익힌 정도도 딱 좋아."

"칭찬이 과해요. 핫 샌드위치 정도라면 누가 만들어도 간단히 맛있게 만들 수 있어요."

나나세는 핫 샌드위치를 문 채로 날 살짝 올려다봤다.

그 모습은 아까 꿈속에서 본 모습과는 달리 나도 모르게 쓰다듬어지고 싶어지는 아기 고양이 같았다.

"아니, 내가 하면 계란이 이렇게 폭신폭신하게 나오질 않아."

"계란은 요츠모토 군도 몇 번인가 연습하면 폭신폭신해질 거예요."

"그런가?"

"네, 그리고 제 요리 실력은 어머니와 비교하면 별것 아니에요."

"그럴 리가. 전에 먹은 도시락도 엄청 맛있었는⋯⋯."

어젯밤의 일을 떠올리고 순간적으로 실수했다고 생각했다.

"……기뻤어요. 매일 먹고 싶다고 말해준 거."

히죽거리는 듯한 웃음을 지으면서 이야기하는 나나세.

무의식중이었다고는 해도 나나세의 요리를 매일 먹고 싶다고 말한 자신이 부끄럽다.

그때는 딱히 아무 생각 없이 솔직한 기분을 말했다.

그래서 그 말을 취소하거나 정정하고 싶다고 생각하진 않는다.

프러포즈하는 것처럼 된 건 예상 밖이었지만…….

그런 내 마음을 꿰뚫어 본 것처럼 나나세가 계속해서 말했다.

"저, 알고 있어요. LINE으로 '나와 함께 행복해지자'라고 보낸 것도, 도시락을 같이 먹었을 때 '이렇게 맛있는 요리라면 매일 먹고 싶네'라고 말한 것도, 어젯밤에 한 말도 요츠모토 군이 특별한 의미로 말한 게 아니라는 걸."

"어, 그…… 미안. LINE 건은 나도 착각할 수도 있겠다고 생각했는데, 결국 말을 못 했어. 그 외에는 무의식적으로 한 말이었지만."

"무의식적으로 했더라도 거짓말이 아니죠?"

"물론. 맛있다고 생각했고, 지금도 앞으로 즐겁게 지내면 좋겠다고 생각해."

"그러면 문제없잖아요? 자자, 식기 전에 빨리 먹어요."

고맙다고 말하고 먹은 핫 샌드위치는 맨 처음 먹은 한입보다 더 따뜻한 맛이 났다.

●

난 점심을 다 먹고 식기를 정리하고 거실의 소파에 앉아 텔레비전을 켰다.

나나세는 소파에 약간 간격을 두고 앉아있었고 스마트폰으로 뭔가 하고 있었다.

휴일의 텔레비전은 어떤 채널을 틀어도 딱히 다를 것 없이 여행 방송이나 맛집 방송이 지루하게 나왔다.

멍하니 텔레비전을 보고 있으니 점심 전까지 자고 있었는데도 배가 차서 다시 머리가 멍해지기 시작했다. 이건 생리 현상 같은 것이라 수면시간이 길고 짧은 것과는 상관없이 어쩔 수 없는 일이라는 변명을 생각하고 있으니,

딩~동.

안개가 끼기 시작했던 내 의식이 단번에 되돌아왔다.

나는 반사적으로 뒤에 있는 인터폰 화면을 확인했다.

일요일에 찾아올 인물은 대충 예상할 수 있다.

예상대로 화면에는 흑발을 포니테일로 묶고 손에는 종이봉투를 든 카스미의 모습이 비쳤다.

종이봉투에 든 것은 전에 빌려준 만화책일 것이다.

카스미는 부모님이 교육 방침 때문에 만화책이나 게임 같은 것을 어릴 때부터 사주지 않아서 게임은 오로지 내 집에서, 만화도 내 방에서 읽거나 빌려서 돌아가는 경우가 많았다.

"손님인가요?"

"응."

난 나나세의 질문에 짧게 대답하고 바로 현관으로 향했다.

큰일이다. 카스미한테는 나나세랑 의붓남매가 된 걸 아직 말하지 않았다.

아버지가 재혼할 예정이고 약간 연하인 의붓동생이 생긴다는 것까지는 말했다.

딱히 나나세가 의붓동생이 된 걸 카스미에게 숨길 생각은 없고, 어차피 끝까지 숨길 수도 없다.

카스미는 우리 집에 빈번하게 놀러 오고 나도 이래저래 카스미네 집에 많이 간다.

어설프게 숨기는 게 나중에 귀찮아진다는 건 알고 있지만, 이런 건 차근차근 설명하지 않으면 이상한 오해를 낳을 가능성이 있다.

그런 생각에 망설이던 차, 결국 이날이 오고 말았다.

"옷차림이 왜 그래? 마사키, 혹시 여태까지 자고 있었어?"

현관문을 열자 카스미가 싸늘한 시선으로 늦잠 의혹을 추궁했다.

자취하는 아들 집에 불시방문한 엄마냐고.

"그런 거 아니야. 점심 전에 일어났어. 그저 외출 예정이 없어서 옷을 안 갈아입었을 뿐이야."

"흠~, 그래도 괜찮아?"

"뭐가?"

"동생이 생겼잖아. 어제 이사 트럭이 오가는 걸 봤으니까, 지금은 같이 있지 않아?"

"그, 그렇지. 어제 이사 왔어."

"그렇지? 그런데 그렇게 단정하지 못한 모습으로 있으면 금방 말도 안 섞어줄걸?"

쉬는 날이니까 좀 단정하지 못해도 괜찮겠다 싶었는데, 너무 안이했던 걸까.

나나세가 관대해서 아무 말도 하지 않았을 뿐일지도 모른다.

"듣고 보니 그렇네. 앞으로는 조심해야겠어."

"그래서 그 동생이랑은 잘 지내고 있어? 지금 집에 있으면 잠깐 인사 정도는 하고 싶은데. 이제 이웃이니 가능하면 개랑도 친해지고 싶어."

카스미는 나보다 훨씬 친화력이 좋고 사교성도 있으니

까 설령 의붓동생이 나나세가 아니더라도 금방 친해질 것이다.

마음이 들뜨고 두근거리는 기색이 넘치는 카스미에겐 미안하지만, 우리 집에 있는 의붓동생은 같은 반 친구다.

"어~, 그 동생 말인데 중학생인 줄 알았는데 사실은 동갑이었어."

"뭐? 진짜?! 하긴, 마사키는 생일이 빠르니까 동갑이라도 오빠가 될 수도 있겠네! 어느 학교야? 혹시 아가씨 학교라서 '평안하신지요' 같은 인사를 한다거나?"

카스미의 기대감은 아직 가라앉지 않는지 치맛자락을 집고 평안하신지요 라며 인사하는 흉내를 냈다.

카스미 같은 경우에는 집이 상당한 자산가라서 진짜 아가씨지만 평소의 행동에서 그런 느낌을 받은 적은 거의 없다.

"아니, 우리랑 같은 학교야."

"어…… 그럼 동급생이랑 남매가 된 거야? 어느 반의 누군데?"

이제야 카스미의 들뜬 기분이 가라앉았다.

모르는 학교의 아이가 아니라 동급생이 갑자기 소꿉친구의 의붓동생이 된 거니, 공교롭다고나 할까, 미묘할 수밖에 없다.

"그게 사실은 반도 같은데……."

"혹시…… 그 여동생이, 클로에야?"

"어?! 어떻게 알았어?"

반에는 여자가 15명 이상은 있는데 어떻게 알았지.

상견례 이후에도 학교에서는 지금까지와 다름없이 지냈는데.

"지금 네 뒤에 있는데?"

돌아보니 복도에 있는 거실 입구에서 얼굴을 쏙 내민 나나세의 모습이 보였다.

나나세는 낯을 가리나?

하지만 카스미는 같은 반이니 얘기한 적도 몇 번인가 있을 것이다.

현관에서 계속 이럴 수도 없어서 일단 카스미를 거실로 들였다.

●

"있잖아, 클로에, 클로에의 어머니와 마사키의 아버지가 결혼했다는 게 사실이야?"

"아, 네."

거실에 들어오자마자 카스미가 나나세의 어깨를 붙잡고 묻자, 나나세는 기백에 눌린 듯이 작게 *끄덕끄덕* 고개를 끄덕이고 대답했다.

"카스미, 나나세가 겁먹었으니까 놔줘."

카스미는 깜짝 놀란 것처럼 나나세의 어깨에서 손을 떼고 미안하다고 말한 후에 소파에 앉았다.

카스미가 당황하는 것도 당연하다. 나도 상견례 자리에 나나세가 있었던 건 인생에서 베스트 3에 들어갈 정도로 놀라운 사건이었다.

"마사키와 클로에가 같이 살다니. 사자랑 토끼를 같은 우리 안에서 기르는 것과 마찬가지야."

그거, 내가 사자고 나나세가 토끼라는 의미로 말한 거 같다만, 나로서는 어젯밤의 일을 생각하면 관계성이 반대다.

뭐, 그런 말을 해도 무슨 바보 같은 소리를 하냐며 일축당할 게 뻔하니 말하지 않을 거지만.

"말이 심하네. 난 그렇게 위험한 녀석이 아니야."

"그건 모르는 일이지. 클로에 같은 귀여운 애와 갑자기 동거하면서 지금까지 억눌려 있던 욕망이 드러날지도 모르잖아."

"쥬몬지가오카 양, 요츠모토 군은 그렇게 나쁜 사람이 아니에요."

"물론 나도 지금까지 알고 지냈으니까 마사키가 나쁜 사람이 아니라는 건 알아. 하지만 지금은 건드릴 배짱조차 없더라도, 앞일은 모르는 거잖아?"

어떻게든 날 예비 범죄자로 만들고 싶은 건가.

"배짱이 어떻고 하기 이전의 문제잖아. 나랑 나나세는 가족이고 남매니까 앞으로도 아무 일 없어."

"……마, 맞아요."

애매하게 힘없이 대답하는 나나세.

내가 또 이상한 말을 했나.

"그래도 만약에 클로에가 신변의 위협을 느끼면 바로 우리 집에 피난하러 와. 뭣하면 그대로 우리 집에서 살아도 돼. 우리 집은 쓸데없이 넓으니까, 클로에가 쓸 방도 얼마든지 줄 수 있어."

여동생으로 삼고 싶은 사람 랭킹 No.1이 나나세라고 한 카스미네 집에서 지내는 게 더 위험할 것 같은데.

"쥬몬지가오카 양의 집은 옆집이라 들었는데, 저 큰 저택이 집이군요."

자산가인 쥬몬지가오카가의 저택은 진짜 크다. 우리 집 옆집이라 해도 길을 사이에 두고 옆에 있고 부지만으로도 우리 집의 10배가 넘는 저택이다.

주소로 치면 보통 1가 2번지 3호가 되는데 카스미의 집만 1가 2번지까지밖에 없고 그 구획 전체가 쥬몬지가오카가의 부지다.

도심 주택가에 하얗고 높은 담장이 길에 이어지니 절이나 문화재로 착각해도 이상하지 않다.

"낡고 크기만 한 집이야. 물론 피난이 아니라 놀러 와도 좋고. 클로에라면 자고 가는 것도 환영이야. 그리고 성 말고 이름으로 불러. 내 성은 너무 기니까."

윙크하며 나나세에게 놀러 오라고 권하는 카스미의 모습에 나는 안심했다.

"감사합니다. 그런데 요츠모토 군은 카스미 양의 집에서 잔 적은 없나요?"

"아, 그런 적은 없어. 소꿉친구끼리 서로의 집에서 자거나 같이 목욕하기도 했다는 에피소드를 기대하는 모양이지만, 우리는 아니야."

내가 카스미와 알게 된 건 이곳으로 이사 온 이후라서 그렇게 어릴 적의 추억은 없다.

"집에서 잔 적은 없지만 중학교 때 밤늦게까지 마사키의 방에서 계속 게임하고 놀았을 때는 할아버지한테 엄청 혼났지."

"그때는 나도 겐류 할아버지한테 엄청 혼났어."

카스미의 할아버지인 겐류 할아버지는 완고하다고 해야 할까, 고집이 세서 화나면 상당히 무섭다.

물론 우리 집에 놀러 간다고 말했다고는 해도 중학생이 밤늦게까지 집에 가지 않은 게 잘못이지만.

"전 그런 것도 해본 적 없어서 부러워요."

"클로에는 친구네 집에서 잔 적 없구나?"

"학교 친구와는 쉬는 시간이나 방과 후에 같이 놀기는

해도 집에서 잔 적은 없어요. 친구가 저희 집에 와서 같이 과자를 만든 적은 있지만요."

"클로에는 과자 만드는 거 좋아해? 좋아하면 다음에 우리 집에서 같이 안 만들래? 마사키는 먹기 전문이라 안 만드니까."

"꼭 같이 만들어요!"

까르륵까르륵 이야기꽃이 피고 난 완전히 소외돼 버렸다.

뭐랄까, 여자애는 금방 공통의 화제를 찾아내서 대화하는 게 꽤 능숙하네.

난 일단 손님인 카스미에게 차도 내주지 않았다는 걸 알아차리고 차를 끓이기 위해 주방으로 향했다.

●

카스미는 차를 마신 후, 전에 나한테서 빌린 만화책을 돌려주고 다음 권을 세 권 빌려 돌아갔다.

난 월요일에 제출해야 하는 과제를 끝내고 스마트폰으로 게임을 하거나 산 지 얼마 안 된 라이트노벨을 읽는 등, 평소와 같은 주말을 보내고 있었다.

읽고 있던 라이트노벨이 클라이맥스에 접어들었을 때 맛있는 냄새가 살짝 감돌았다.

시간을 확인하니 벌써 저녁이 가까웠다.

여름이 가까운 이 시기는 저녁이라도 밝아서 실제 시각만큼 해 질 녘의 분위기는 없다.

맛있는 냄새는 미사키 씨가 만들고 있는 저녁밥 냄새일 것이다.

나나세가 자기보다 미사키 씨가 훨씬 요리를 잘한다고 해서 더 기대된다.

그러고 보니 오늘 아침부터 미사키 씨한테 인사는커녕 얼굴도 한 번도 못 봤구나.

뭐, 내가 한낮이 다 될 때까지 잔 게 잘못이지만.

이후에 저녁을 먹을 때 갑자기 나타나서 밥만 먹는 건 너무 인정머리가 없다.

이럴 때는 일단 주방에 가서 얼굴을 비치거나 도울 수 있는 게 있으면 도와주는 게 좋을 것이다.

거실에 들어가니 나나세가 아버지와 나란히 텔레비전을 보고 있었다.

그러나 나나세의 어깨에는 힘이 들어가 있다고 해야 할까? 긴장한 분위기다. 아버지는 아버지대로 평소보다 바른 자세로 소파에 앉아있었다.

하룻밤에 안 지났으니 긴장되는 건 이해하지만, 둘 다 좀 더 편안하게 있는 편이 좋지 않을까.

한편, 부엌에서는 미사키 씨가 항간에서 인기 있는 뭔가 작고 귀여운 캐릭터가 프린트된 앞치마를 두르고 솜씨 좋게 저녁을 만들고 있었다.

나나세의 앞치마가 감색에 심플한 디자인이라서 갭이 대단했다.

"미사키 씨, 도와드릴 건 없나요."

"일부러 신경 써줘서 고마워. 도와줄 만한 게…… 그렇지, 도와주는 것이라기보다는 심부름인데 우유랑 방울토마토를 사 와줄래?"

우유는 근처 편의점에서 팔고 있지만, 방울토마토까지 사려면 슈퍼로 가는 편이 좋을 것이다.

"그러면 슈퍼에 다녀올게요. 또 필요한 게 있으면 가는 김에 사 올게요."

"그렇네. 그럼 부탁하는 김에 간장도 부탁할게."

미사키 씨는 조미료가 들어있는 선반을 확인하면서 추가 주문을 했다.

우유에 간장이라니, 무거운 녀석들이 겹치는군. 자전거로 가면 상관없나.

"그리고 이왕 가는 거 클로에도 같이 데려가지 않을래? 아직 이 주변 지리를 잘 모를 거야."

마지막 추가 주문으로 인해 자전거를 타고 심부름을 가는 건 중지됐다. 우리 집에는 자전거가 한 대밖에 없다.

어차피 슈퍼까지는 걸어서 10분 남짓 거리. 그리 먼 건 아니다.

"그렇다고 하니 마사키 군, 길 안내 부탁할게요."

돌아보니 아까까지 소파에 앉아있던 나나세가 어느새 내 뒤에 서서 경례 포즈를 취하고 있었다.

저녁 시간이 가까우니 장바구니와 지갑을 들고 바로 나나세와 같이 집을 나섰다.

참고로 옷은 카스미가 돌아간 후에 바로 갈아입었다. 구깃구깃한 티셔츠가 아니다.

역 앞에 있는 슈퍼에 도착.

우선 채소 코너에서 방울토마토를 바구니에 넣었는데, 왠지 모르게 평소와 다른 분위기가 느껴졌다.

"마사키 군, 왜 그래요?"

"그게, 뭔지 모를 위화감이……."

물론 판매하는 상품은 평소와 같다.

왜 그런지 생각하고 주위를 둘러보고 그 원인을 바로 알아차렸다.

옆에 나나세가 있기 때문이다.

내가 혼자 장을 봐도 날 보는 사람은 아무도 없다.

하지만 오늘은 나나세가 옆에 있다.

긴팔 티셔츠에 라이트블루 청바지를 입은 편안한 복장.

다만 티셔츠가 타이트해서 나나세의 몸매가 확실하게 드러나고, 무엇보다도 두 번을 넘어 세 번은 보고 싶어질 정도로 귀엽다.

손을 잡거나 팔짱을 낀 건 아니지만, 옆에 딱 붙어서 이동하니까 나나세에게 향하는 시선이 자연스럽게 나에게도 향하는 것이다.

　"나나세는 밖에 다니면서 시선을 느끼거나 해?"

　"어릴 때부터 머리색이 다른 아이와는 달라서 늘 시선을 느끼고는 했어요."

　"난 그런 적이 없었는데, 어쩐지 지금은 주위의 시선이 느껴지는 것 같아서……."

　자의식 과잉이라는 말을 들을지도 모른다.

　하지만 혼자 슈퍼에 가도 안 느껴지는 게 오늘은 느껴진다.

　"그건, 저기…… 아마 마사키 군의 바지 지퍼가 열려있어서 그런 게 아닐까요."

　"엑?!"

　그게 이유였나!

　지퍼가 열려있는 것도 부끄럽지만, 자신에게 향하고 있는 시선이 나나세에게 향하고 있다고 착각하고 있었다니. 부끄러움이 이중으로 몰려왔다.

　바로 바지 지퍼를 보니…….

　어, 멀쩡한데?

　어라? 어떻게 된 거지.

　영문을 알 수 없어 옆에 있는 나나세에게 시선을 돌리니,

"미안해요. 거짓말이에요."

웃음을 참듯이 입에 손을 대고 몸을 앞으로 구부리는 나나세.

당했다!

나나세가 이런 초등학생이 칠 만한 장난을 칠 줄은 몰랐다.

지퍼가 열려있지 않은 건 다행이지만 당황한 모습을 보인 건 부끄러웠다.

"왜 그런 거짓말을?"

나나세는 입에 대고 있던 손을 내리고 혀를 날름 내밀며 답했다.

"이건 마사키 군에 대한 작은 복수예요."

복수라니, 뭔가 나나세를 화나게 할 만한 짓을 했던가.

"짚이는 구석이 없는데. 내가 또 뭔가 했어?"

"그렇다기보다는, 마사키 군은 여러 의미로 죄가 많은 사람이라는 뜻이에요."

그 말은 앞으로도 내가 모르는 사이에 뭔가 저지르면 그때마다 이런 처벌이나 벌칙 같은 걸 받는 건가.

아무래도 본격적으로 언행을 조심하는 편이 좋을 것 같다.

"자, 마사키 군, 나머지 물건을 사죠. 이제 우유랑 간장을 사야 해요."

나나세는 내 옆에서 앞으로 나가더니 매장 안쪽으로 나

아가면서 돌아보고 말했다.

　그쪽 매장에는 우유도 간장도 없다고.

　난 서둘러 나나세의 뒤를 쫓았다.

●

　무사히 슈퍼에서 장을 다 보고 밖으로 나오니 하늘의 색이 해 질 녘의 그러데이션으로 물들어 있었다. 멀리 요요기에 있는 휴대전화 회사의 타워가 조명을 받는 모습도 보였다.

　"마사키 군, 하늘과 타워가 정말 예쁘네요."

　나나세는 주머니에서 스마트폰을 꺼내 조명을 받는 타워와 하늘 사진을 찍었다.

　여자애는 여러 사진을 잔뜩 찍는데 대체 무엇에 쓰는 걸까.

　"그렇네. 타워의 조명은 계절과 이벤트별로 달라서 재밌어."

　"그럼 가끔 체크해야겠어요."

　사진을 다 찍은 나나세는 스마트폰을 다시 주머니에 넣고는 '잠깐 실례할게요'라고 말하고 내가 들고 있는 장바구니에 손을 넣어 파피코*를 꺼냈다.

　이건 내가 계산하고 있을 때 나나세가 몰래 다른 계산대

─────────

*일본의 제과 회사 글리코에서 만드는 쭈쭈바. 한 봉지에 두 개 들어있다.

에서 산 것이다.

장바구니에서 꺼낸 파피코를 뚝 뜯어서 두 개로 나눠 하나를 나에게 건넸다.

"마사키 군도 하나 먹어요."

"그거 나나세의 용돈으로 산 거잖아."

"그렇죠?"

"그럼 두 개 다 먹으면 되잖아."

"괜찮아요. 두 개나 먹으면 저녁을 못 먹으니까요. 하나는 마사키 군이 먹어요."

그럼 목욕하고 나서 남은 걸 먹으면 되는 것 아닌가…….

나나세는 나의 융통성 없는 생각은 상관하지 않고 한 번더 파피코를 나에게 건넸다.

"잘 먹을게."

꼭지가 따인 파피코를 받아서 그대로 입으로 가져갔다.

매끄러운 식감과 초콜릿의 달콤함, 약간 늦게 오는 커피향의 밸런스가 좋다.

낮의 더위가 아직 남아있어서 아이스크림의 차가움이 기분 좋았다.

"맛있네."

그러자 나나세가 헤헷 웃으며 장난을 성공한 아이 같은 표정을 지었다.

"역시 파피코는 혼자 먹는 것보다 이렇게 마사키 군과

반으로 나눠서 먹는 게 맛있어요."

"둘이 반으로 나누니까 남매 같네, 으억!"

내가 말을 끝내는 것과 동시에 나나세의 백옥 같은 손가락이 옆구리를 찔렀다.

완전히 무방비했던 탓에 나도 모르게 목소리가 나왔다.

"바로 그런 부분이 문제라구요. 마사키 군."

어?! 어떤 부분이?!

가게에서 나온 뒤부터 파피코를 먹을 때까지의 흐름을 다시 생각했다.

역시 모르겠다.

"내 죄상은 뭐야?"

"그건, 그러니까…… 마사키 군의 가슴에 손을 얹고 잘 생각해 보세요."

가슴에 손을 얹으려고 해도 장바구니와 파피코 때문에 빈손이 없으니, 나중에 잘 생각해 보자.

"근데 나나세는 왜 집에서 나온 뒤에도 날 계속 이름으로 불러?"

"그, 그건 말이죠……."

파피코가 금방 녹아버리지 않을까 싶을 정도로 급속하게 빨개져 가는 나나세.

"여, 연습이에요. 항상 요츠모토 군이라 부르기만 하면 마사키 군이라 부를 때 익숙하지 않은 느낌이 드니까……."

과연, 이로써 아까부터 신경 쓰였던 것이 또 하나 납득 됐다.

"그래서 아까부터 이야기할 때마다 내 이름을 마구 부른 거구나."

"그, 그런 것도 알아차렸나요?"

"아까부터 신경 쓰였어. 나나세가 평소 이상으로 내 이름을 부르는 것 같은 느낌이 들어서."

"최대한 자연스럽게 불렀다고 생각했는데, 실수했어요."

작은 수수께끼가 해결되어 다시 파피코를 입에 넣고 한 번에 당분, 수분, 시원함 세 가지 요소를 보충하고 한숨 돌 렸다.

"근데 왜 갑자기 그런 걸 시작한 거야?"

"마사키 군과 카스미 양이 엄청 자연스러운 느낌으로 서 로를 부르는 걸 보니, 저도 빨리 그렇게 되고 싶다고 생각 했어요."

그래서 카스미가 돌아간 뒤부터 호칭이 바뀌었구나.

"카스미하고는 오래 알고 지냈으니까. 하지만 굳이 연습 까지 하며 경쟁할 필요는 없지 않을까. 나나세하고는 앞으 로도 계속 같이 있을 거니까, 천천히 익숙해지면 돼."

"네?!"

나나세는 멈춰 서더니 빨개진 얼굴을 식히듯이 파피코 를 꼭 쥐고 안에 든 것을 한 번에 입에 넣었다.

아이고, 그렇게 한 번에 먹으면…….

차가운 걸 먹어서 머리가 띵해졌는지 바로 관자놀이를 누르며 고개를 숙이는 나나세.

"지, 진짜 마사키 군은 너무해요!"

나나세는 그 말을 하더니 약간 걸음을 서둘러 나아가기 시작했다.

너무하다니, 어째서!

"나나세, 내가 또 뭔가 했어?"

"비밀이에요. 스스로 잘 생각하세요."

………

……

…

이런. '앞으로도 계속 같이 있다'고 프러포즈 같은 말을 했어!

어제도 그렇고 오늘도 그렇고 이러면 좋지 않다. 빨리 사과해야 한다.

나나세에게 뒤처지지 않도록 걸음을 재촉했다.

올려다보니 아름다운 해 질 녘의 하늘은 어느샌가 짙은 군청색으로 덮여있었다.

●

"후~, 잘 먹었다."

내 방에 돌아온 나는 침대에 털썩 쓰러졌다.

저녁을 먹고 소파에 앉아있었더니 어느샌가 선잠을 자 버렸다.

나나세가 방심하면 또 장난을 칠 거라고 뒤숭숭한 말을 해서 일단 여기로 피난을 왔다.

그런 건 핼러윈만으로도 충분하다.

나나세가 말한 대로 미사키 씨가 직접 만든 요리는 정말 맛있었다.

처음으로 내 앞에서 실력을 발휘해서 그런지 요리의 종류도 양도 많아 기합이 들어가 있었다.

나도 아버지도 맛있어서 젓가락이 계속 움직인 탓에 평소보다 많이 먹고 말았다.

이런 식으로 먹으면 금방 살이 찔 것 같다.

미사키 씨는 역시 남자애는 많이 먹는다며 감탄했지만, 나도 한계는 있다. 아버지를 통해서 양을 줄여달라고 잘 부탁하자.

배는 미사키 씨의 요리로 가득 찼지만, 머릿속은 나나세로 가득했다.

학교에서 지금까지 봤던 나나세의 모습과 집에 있을 때 보는 모습은 전혀 달랐다.

학교에서 보는 나나세는 스스로 앞에 나서는 타입이 아

니었다. 어느 쪽인가 하면 주위에 있는 여자들에게 보호받는 공주님 같은 이미지다.

그래서 의붓남매가 되어 같이 살게 돼도 내 뒤에 숨어있는 모습을 상상했다.

하지만 실제로는 전혀 그렇지 않았다.

어젯밤에는 밀려서 침대에 쓰러질 뻔했다.

오늘은 파피코를 반으로 나눠서 줬다.

물론 파피코를 남매끼리 반으로 나눠서 먹어도 이상하지는 않다.

하지만 '남자 친구나 여자 친구가 생기면 해보고 싶은 일 100가지'에 파피코 나눠 먹기가 반드시 들어있을 것이다.

그때 그런 걸 의식하지 않도록 남매라는 걸 강조했다. 그렇게 하지 않으면 이상하게 의식해서 평범하게 있을 자신이 없었다.

이름도 그렇다.

입을 열 때마다 나나세가 이름을 부르다니, 진짜 좀 봐줬으면 한다.

그대로 계속 이름을 불렀으면 내 이성이라 해야 할까, 여러 가지가 버틸 수가 없다.

분명 내가 나나세에게 프러포즈 같은 말을 했지만, 역시 우린 가족이고 남매다.

남매이니 서로 오빠와 동생 노릇을 제대로 해야 하고,

그런 거리감과 관계를 지켜야 한다. 내가 그걸 지키려고 해도 나나세는 그걸 간단히 넘어오려고 한다. 그렇게 하면 난 그녀를 의식하게 되고 머릿속이 그녀로 가득 차게 된다.

정말 골치 아픈 의붓동생이다.

【막간 2】 쥬몬지가오카 카스미의 혼잣말 1

세상에, 세상에, 이런 일이 다 있다니…….

나 쥬몬지가오카 카스미는 소꿉친구이지 이웃인 요츠모토 마사키의 집에서 돌아와 거실의 소파에 기대면서 방금 알게 된 놀라운 사실에 대해 다시 생각하고 있었다.

현실은 소설보다 기묘하다고 하는데 정말 그 말대로다.

마사키의 아버지가 재혼한다는 이야기는 들었고, 마사키가 중학생 의붓동생이 생긴다고 해서 어떻게 하면 좋을지 나와 가볍게 의논도 했다.

그런 일도 있어서 만화책을 돌려준다는 구실로 마사키네 집에 갔더니, 설마 의붓동생으로 클로에가 등장했다는 게 아직도 믿기지 않는다.

클로에, 나나세 클로에는 내가 동생으로 삼고 싶은 사람 랭킹에서 압도적으로 1위인 반 친구다.

그 동글동글한 눈동자, 아름다운 머리카락, 행실은 점잖은데 가끔 보이는 장난기 등 전부 귀여워서 참을 수가 없다.

그런 아이가 마사키의 의붓동생이 됐다.

혹시 이건 마사키의 공들인 몰래카메라가 아닐까.

아니, 주모자가 마사키와 토리시마뿐이라면 가능성은 있을지 몰라도, 클로에가 주모자일 리는 없다.

왜냐하면 마사키와 클로에가 학교에서 평소 이야기하는 모습을 본 적이 없고 친하다는 느낌도 안 들었기 때문이다.

역시 몰래카메라 같은 게 아니라 정말로 마사키와 가족이 되어서 앞으로 같이 살아가는 거겠지?

그렇다면 역시 클로에가 좀 걱정이다.

지금까지 연애에 관한 소문이 딱히 없는 마사키지만, 그 녀석도 나와 같은 고등학교 2학년.

이성에 관심이 전혀 없지는 않을 것이다.

마사키는 가족이니까 아무것도 없다고 했는데 정말일까.

나라면 클로에가 가족이 되면 바로 침대에 숨어들어 볼을 말랑말랑 만지면서 밤새도록 예뻐하고 싶다는 생각이 드는데.

크흠, 일단 오해가 없도록 말해두자면 난 여자애를 좋아하는 게 아니라 그 정도로 클로에가 귀엽다는 것이다.

아무튼 마사키가 엉뚱한 생각을 하지 않는지 앞으로도 상황을 봐야 한다.

일단 오늘 밤에라도 클로에한테 LINE을 보내서 마사키의 상태를 살펴보자.

하지만 마사키의 아버지가 재혼하고 클로에가 마사키의 의붓동생이 됐다면 지금까지처럼 늘 놀러 가거나 밤늦게까지 마사키와 게임을 하거나 하는 건 자제하는 편이 좋겠다.

이건 나에겐 타격이 상당히 크다.

난 마사키랑 같이 그 녀석의 방에서 뒹굴면서 과자를 먹거나 과즙이 안 들어간 몸에 안 좋을 것 같은 주스를 마시면서 게임을 하거나 만화책을 읽거나 하는 걸 좋아하니까.

그렇게 같이 있는 일이 많으니 토리시마를 비롯해 많은 사람이 나와 마사키가 사귀는 줄 아는 것 같다.

남녀가 같이 있으면 바로 사랑이라느니 애정이라느니 그런 이야기를 하지만 나와 마사키는 연애 감정이 아니라 남매 같은 감정에 가깝다는 느낌이 든다.

그런 의미에서는 내가 클로에보다 마사키의 여동생 선배라 할 수 있다…….

소파에 기대고 있던 몸을 옆으로 눕혀 천장을 보면서 크게 숨을 내쉬었다.

으~음, 왜일까.

마사키의 집에 클로에도 같이 있게 됐으니까 클로에의 귀여움을 즐기면서 마사키와 변함없이 놀면 되는데, 가슴에 뭔가 꽉 막힌 것 같은 느낌이 든다.

토해내지도 삼키지도 못하는 무언가…….

점심을 먹고 바로 마사키네 집에서 과자까지 먹은 게 원인일까…….

저녁은 좀 조절하자.

그렇게 생각하면서 마사키에게서 빌려온 만화책을 들었다.

【막간 3】 나나세 클로에의 비망록 2

어젯밤에 요츠모토 군의 방에서 있었던 일은 서로 냉정하게 마음을 가라앉히고 이야기하니 어색해지는 일 없이 소화된 것 같다.

일단 이건 좋았다.

그리고 오늘은 카스미 양이 집에 왔다.

요츠모토 군과 카스미 양이 오래 알고 지낸 사이이고 사이가 좋다는 걸 다시금 알게 되었다.

카스미 양과도 작년부터 같은 반이지만 항상 같이 있는 그룹이 달라서 그렇게까지 친한 건 아니다.

카스미 양은 몸매도 좋고 성적도 좋고 누구와도 싹싹하게 이야기하는 애교와 발랄함이 합체한 것 같은 사람이라 남녀 모두에게 인기가 많다.

두 사람은 사귀지 않는다고 말하지만, 그건 부끄러우니까 그렇게 말하는 것일 뿐이라는 소문이 학교에 자자하다.

하지만 오늘 태도를 보니 정말 사귀지 않는 느낌이었다.

요츠모토 군과 함께 생활하는 데 있어서 걱정했던 것 중 하나가 카스미 양이었다.

사이좋은 두 사람 사이에 갑자기 내가 끼어들게 되면 내가 카스미 양에게 방해가 되리라 생각했다.

결과적으로 그건 기우였다.

카스미 양은 새로 여동생이 생긴 것처럼 날 따뜻하게 맞아줬다.

신나게 제과 이야기를 했으니, 다음에 같이 만들면 분명 즐거울 것이다.

하지만 문제라고 해야 할까, 신경 쓰이는 일도 일어났다.

요츠모토 군이 날 동생 취급한다.

확실히 요츠모토 군의 생일이 빠르니까 오빠고 내가 동생이다.

하지만 요츠모토 군에게 동생 취급을 받으면 뭔가 좀 화가 난다고 해야 할까, 가슴이 답답해지는 느낌이 든다.

카스미 양이나 학교 친구들은 내 몸집이 작아서 동생처럼 귀여워하는 경우가 있다.

그때는 화가 나거나 하지는 않는데…….

요츠모토 군과 가족이나 남매가 되기 싫은 건 아니지만, 동생 취급을 받으면 뭐라 형언할 수 없는 기분이 든다.

왜일까?

그래서 같이 심부름하러 갔을 때 장난을 치거나 옆구리를 찔렀다.

옆구리 찌르기는 교실에서 카스미 양이 가끔 요츠모토 군에게 하는 걸 흉내 내봤다.

차라리 동생 취급하지 말았으면 좋겠다고 요츠모토 군

에게 말하는 건 어떨까.

이건 요츠모토 군을 싫어하는 것 같은 느낌이 드니 분명 거리가 생기고 말 것이다.

그게 더 싫다.

왜 가슴이 답답한지를 모르면 요츠모토 군에게 제대로 설명할 수 없다.

그리고 두 번째 문제는 이름 부르는 연습을 하고 있던 걸 들킨 것.

가능한 한 자연스럽게 평소에 하는 대화 속에서 이름을 많이 부르면 익숙해질 거라 생각했는데…….

그렇게 금방 들켜서 너무 부끄럽다.

결국 애써 노력해서 분수에 안 맞는 짓을 하면 이렇게 되고 만다.

당분간은 가족들 앞 외에는 요츠모토 군이라 부르기로 하자.

【제3화】 아침밥의 에너지가 등교만으로 소비되는 날

가족이 늘면 여러 곳에서 변화가 생긴다.

평일 아침 준비도 그중 하나였다.

지금까지는 아버지가 아침 일찍 일하러 가서 난 적당히 빵을 먹으며 등교하는 식이었다.

하지만 오늘 아침에는 미사키 씨가 아침밥을 차려줘서 식당에 식욕을 돋우는 냄새가 가득했다.

밥의 양은 어젯밤처럼 많지 않았고 지극히 평범한 양이었다.

만화에 나올 것 같이 밥이 산더미처럼 쌓여있으면 어떻게 할지 생각하던 참이었다.

아침부터 된장국 있는 점이 만족스럽다.

하지만 아침 시간은 귀중하니 느긋하게 있을 순 없다.

차려주신 아침밥을 빠르게 먹고 옷차림을 단정히 하고 현관으로 향했다.

현관에서는 이미 교복을 입은 나나세가 기다리고 있었다.

"먼저 가도 괜찮은데."

"첫날이니 같이 가는 편이 좋을까 싶어서요."

길을 헤매지는 않겠지만 그렇게까지 강하게 거절할 이

유도 없다.

누가 말을 걸어도 도중에 우연히 만났다고 하면 풍파도 그렇게까지 일지는 않겠지.

"그럼 같이 갈까."

"아, 잠깐만요. 저기, 이걸……."

나나세는 나에게 시선을 맞추지 않고 양손으로 가볍게 든 페이즐리 무늬 보따리를 건넸다.

"나한테?"

"네…… 전에 말했던 도시락이에요."

그러고 보니 상견례 다음 날에 도시락을 먹으면서 그런 이야기를 했었지.

"고마워. 아침에 바쁜데."

"아뇨, 어머니도 같이 만드니까, 1인분 늘어나도 그렇게 힘들지 않아요."

"오, 미사키 씨도 같이 만들어 준 거야? 기대되네."

"바, 반찬은 절반 이상 제가 만들었거든요."

볼을 볼록 부풀리고 현관문 쪽으로 고개를 돌린 나나세는 '자, 갑시다'라고 말하고 신발을 신었다.

곧 옷을 바꿔 입을 시기라 동복은 조금 덥다고 느껴지는 계절이지만 나나세는 나처럼 목 부분을 풀지 않고 교복을 제대로 입고 있는데,

"치마가 좀 짧지 않아?"

얼마 전에 우연히 절대영역 너머를 봐버린 자로서는 신경 쓰인다.

"그런가요? 평소랑 똑같아요."

"엥? 항상 그 정도였나?"

"교복에 대해 지도받은 적은 없으니 괜찮다고 생각하는데요."

지금까지는 딱히 신경 쓰지 않았지만, 이렇게 다시 보니 주위 남자들이 당황할지도 모르는 길이다.

"엄청 짧은 건 아니지만 조심하지 않으면 보이니까——."

"호, 혹시, 본 적 있나요?!"

평소보다 두 배 정도 빠른 속도로 말을 끊듯이 반응하고 날 올려다보는 나나세.

그와 동시에 손으로 엉덩이를 눌러 치마의 방어력을 최대까지 올렸다.

이런 곳에서 그렇게 방어를 굳히지 않아도…… 그보다 엄청 기겁했네.

의문형으로 묻고 있지만 분명 나나세 안에서는 나는 본 적이 있다고 판단했을 것이다.

실제로 봤지만.

"아, 아니, 그건 불가항력이라 해야 할지, 우연이라 해야 할지……."

"부, 불가항력이라도 봐도 되는 게 아니에요!"

"진짜 우연히 보였을 뿐이야."

"하지만 그걸 계속 기억하고 있잖아요!"

"뭐, 그건……."

"기억하는 게 더 변태 같아요. 빠, 빨리 잊어주세요!"

어떡하면 좋지? 이 거듭해서 수치를 주고 있는 듯한 느낌.

나에게 번뇌가 없다면 그런 광경은 금방 잊어버릴 것이다.

하지만 난 평범한 남자 고등학생이니 무리다.

"노력하겠습니다."

"부탁드립니다. 저도 조심할 테니."

그렇게 말하고 철벽 방어를 푼 나나세는 치마의 길이를 조절했다.

결과적으로 나나세의 치마 길이가 길어진 건 다행이지만 내가 받은 대미지와는 균형이 안 맞다.

어쩔 수 없다고 생각하면서 나나세를 따라 우리 집 현관을 나서자,

"안녕, 클로에, 마사키."

나의 무거운 기분과는 정반대로 들뜬 카스미가 문 앞에 서 있었다.

"안녕하세요. 카스미 양."

"마사키, 너 아침부터 피곤한 얼굴 하고 있는데 무슨 일이야?"

"월요일 아침부터 카스미처럼 들뜰 수 없을 뿐이야."

방금 한 대화는 절대로 카스미에게 알려져서는 안 된다.

알려지면 겐류 할아버지가 가르친 질풍각이 내 얼굴을 노릴 것이다.

카스미가 끼어서 내 앞으로 카스미와 나나세 둘이 이야기하면서 걸었다.

이러면 눈에 띌 일도 없다.

"——그래서 클로에는 어떤 과자를 잘 만들어?"

카스미와 나나세는 어제에 이어서 과자 대담을 시작했다.

"전 특히 잘 만드는 건 없지만 실패하고 싶지 않아서 레시피 사이트에서 간단하게 만들 수 있다고 적혀있는 걸 만들고 있어요."

"그런 건 간단하다고 하는데 실제로 만들면 좀처럼 잘 안된단 말이지."

카스미는 요리 재능보다 암흑 물질을 만드는 데 뛰어난 재능이 있으니, 레시피보다 카스미의 요리 실력에 문제가 있는 것 같다.

"드물게 레시피가 안 좋은 것도 있으니까요."

"얼마 전에도 피낭시에를 만들려고 했는데 박력분이 부족해서 튀김가루를 더했더니 실패했어."

결코 레시피 때문이 아니다. 그리고 거기서 용케도 튀김가루를 선택했구나.

"참고로 튀김가루로 만들어서 어떻게 됐나요?"

"전혀 촉촉하지 않고 바삭바삭한 쿠키처럼 됐어."

"그건 그거대로 맛있을 것 같은데."

"뭐, 다른 과자라 생각하면 맛있었어."

"과자는 레시피대로 충실하게 만드는 게 중요해요. 분량을 확실하게 재서 만들어야 해요."

"우리 집 셰프도 똑같은 말을 하더라."

"네? 카스미 양의 집에는 셰프가 있나요?"

저 커다란 쥬몬지가오카가에는 가사도우미가 몇 명인가 있고, 요리를 전문으로 담당하는 사람도 있다. 그 셰프도 박력분 대신 튀김가루를 썼다는 걸 듣고 분명 놀랐을 것이다.

"우리 집은 부모님이 일 때문에 없는 경우가 많아서 가사도우미분들이 집안일을 해주고 있어."

"카스미 양은 아가씨군요."

"아가씨다운 면은 전혀 없지만."

나도 모르게 뒤에서 끼어들어 버렸다.

딱히 백합 사이에 끼어든 건 아니니까 용서해 줘.

"똑바로 해야 할 때는 아가씨처럼 행동하고 있어! 마사키처럼 1년 내내 편하게 있는 건 아니거든?"

카스미는 내 넥타이를 잡더니 그대로 꽉 조여서 헐겁게 하고 있던 목 부분을 우등생처럼 단정하게 만들었다.

"괴, 괴로워! 그렇게 꽉 죄지 않아도 괜찮지 않나요, 카스미 씨?"

"이 시기에는 복장이 흐트러지니까 교문 앞에서 모모타 선생님이 죽도를 들고 기다리고 있어. 학생지도실에 가고 싶어?"

"안 가고 싶어요. 감사합니다."

"정말, 항상 주위는 잘 보면서 자기한테는 대충이라니까."

넥타이를 잡고 날 올려다보는 카스미와는 안 그러고 싶어도 가까워진다.

아무래도 이렇게 가까이에서 보면 아무리 소꿉친구라고는 해도 조금 긴장된다.

카스미는 이목구비는 반듯하고 속눈썹도 길어서 가만히 있으면 미소녀다. 샴푸와 화장품도 좋은 것을 쓰고 있는지 머리카락은 윤기가 나고 피부도 곱고 살짝 좋은 향도 난다.

좀 더 아가씨답게 하고 있으면 분명 인기가 많을 텐데.

옛날엔 동성처럼 놀았던 소꿉친구라도 중학교나 고등학교에 진학하면 대하는 방식도 변하고 같이 노는 일도 줄어들 것이다.

하지만 카스미는 옛날과 똑같이 내 방에 놀러 오고 내 침대에서 뒹굴면서 만화를 읽거나 게임을 하거나 한다.

그런 짓을 하면 나중에 거기서 자는 내가 힘들다. 침대에서 이 녀석의 좋은 향이 나서 차분하게 잘 수가 없다.

그래서 그런 날에는 카스미가 돌아간 후에 몰래 시트를

세탁하고 예비 시트로 바꾼다.

"오늘은 아침부터 열렬하네요~."

뒤에서 누가 높고 날카로운 목소리로 말을 걸어 나와 카스미가 동시에 그쪽을 보니, 거기엔 과장되게 입가를 손으로 가린 토리시마가 있었다.

귀찮게 아침부터 마주치다니.

"이, 이건 마사키가 단정하지 못해서 그런 거야."

잡고 있던 내 넥타이를 확 놓는 카스미.

"OK, 괜찮아. 둘이 에브리타임을 함께하는 건 익숙하니까."

멋진 포즈를 취하듯이 이마에 손을 대는 토리시마.

"너, 카스미가 한 말 안 들었지?"

토리시마 덕분에 카스미에게 두근거린 마음은 바람에 날린 듯이 사라져 평상심으로 돌아올 수 있었다. 그것에 대해서는 마음속으로 감사 인사를 해뒀다.

"안녕하세요. 토리시마 군."

"안녕 나나세. 그런데 요츠모토? 쥬몬지가오카뿐만 아니라 나나세까지 같이 있는 거냐! 전생에 얼마나 덕을 쌓아야 이런 게 가능한 거냐!"

토리시마도 카스미와는 다른 의미로 아침부터 힘이 넘쳐 이쪽에까지 침이 튀는 기세로 이야기했다.

다들 월요일 아침부터 왜 그렇게 힘이 넘치는 거냐. 보통 시동이 걸리기까지 한나절 정도는 필요하잖아.

"전생 일을 내가 알겠냐. 같이 등교한다 해도 나나세랑 카스미가 둘이 이야기하고, 난 그 뒤를 따라가고 있을 뿐이라고."

토리시마가 생각하는 양옆에 여자를 끼고 하렘을 형성한 등교 풍경이 아니다.

"그래도 항상 혼자 등교하는 내가 보기엔 아주 부러워."

그렇게 말하는 토리시마를 불쌍히 여겼는지 나나세가 '토리시마 군도 같이 가죠'라며 말을 걸었다.

그러자 토리시마는 바로 '함께하겠습니다'라고 말하고 내 옆에 서서 나나세와 카스미에게 들리지 않도록 귓속말했다.

"아침부터 나나세한테 같이 가자는 말을 듣다니, 오늘은 왠지 좋은 일이 있을 것 같아♪"

가볍게 통통 뛰듯이 걷는 토리시마.

그런 식으로 통학로를 걸으면 옆에 있는 나까지 이상한 사람으로 보이니까 그만했으면 좋겠다.

"근데 구기 대회 준비는 끝났냐? 이번 주잖아?"

아침부터 통통 뛰어서 등교하고 있는 토리시마는 이래 봬도 우리 고등학교의 학생회 일원이다.

그리고 이번 주에는 학생회가 주최하는 반 대항 구기 대회라는 이벤트가 있다.

당연히 토리시마도 이 시기에는 준비에 쫓기고 있다.

"끝나다니? 아직 반도……."

가벼운 발걸음에서 갑자기 기분이 가라앉아 가는 걸 알 수 있었다.

"아직도? 그래도 괜찮아?"

"담당자 시프트, 일정표, 게시물……."

토리시마가 저주하듯이 중얼거렸다.

깡충깡충 뛰는 걸 그만두게만 하려고 했는데 설마 이렇게 기분이 가라앉을 줄이야…….

왠지 엄청 나쁜 짓을 한 기분이 들었다.

"토리시마 군, 힘들겠지만 힘내세요."

중얼거리는 걸 들은 나나세가 격려하자 토리시마의 기분은 다시 급상승.

"물론이지. 학생회 필두 서무인 내가 나나세를 위해 열심히 할게."

"아니, 학생회를 위해 열심히 해라."

정말이지, 아직 학교에 도착하지 않았는데 오전에 쓸 기력을 거의 다 써버린 것 같은 기분이다. 오늘은 하루가 길 것 같다.

그리고 이건 대수롭지 않은 여담이지만.

교문까지 오니, 거기엔 카스미가 말한 대로 죽도를 든 모모타 선생님이 염라대왕처럼 기다리고 있었다.

난 카스미 덕분에 잡히지 않고 교문을 통과했지만, 넥타이를 느슨하게 매고 셔츠도 나와 있던 토리시마는 딱 잡혔다.

　학생회 일원이 교복 지도에서 잡히다니, 우리 학생회는 믿어도 괜찮은 건가?

●

　"자, 이걸로 아까 전의 일은 갚은 거다."

　"좋아 좋아, 미사키치고는 좋은 마음가짐이네."

　난 자판기에서 산 종이팩에 든 과일 우유를 카스미에게 줬다.

　카스미는 과일 우유를 좋아해서 자판기에 있으면 반드시 그걸 산다.

　난 우유는 잘 못 마시지만, 과일 우유는 굳이 말하자면 좋아한다. 그건 분명 우유 냄새가 과일에 의해 완화되어 있고 카스미와 같이 과일 우유를 마시는 일이 많기 때문일 것이다.

　"뭐, 카스미 덕분에 모모타한테 안 잡혔으니까."

　카스미는 나한테서 받은 과일 우유에 빨대를 꽂고 바로 마시기 시작했다.

　"아~, 오장육부에 스며드네."

"목욕 끝나고 맥주 마시는 아버지 같네."

"그런 거야. 나한테 에너지 드링크 같은 거니까."

"피로 해소 효과가 끝내주네."

카스미는 빨대에서 입을 떼더니,

"있잖아, 클로에한테 좋은 거 받았는데, 보고 싶어?"

씨익, 이를 보이는 웃음. 분명 뭔가 나쁜 짓을 꾸미고 있는 거다.

"됐다고 해도 보여줄 거잖아."

"그건 그래."

카스미가 스마트폰을 꺼내 화면을 나에게 보였다.

"이게 뭐야?!"

거기엔 우리 집 소파에서 입을 반쯤 벌리고 자는 내가 귀여운 곰 모습으로 가공된 사진이 표시되어 있었다.

"클로에가 마사키한테 이상한 짓 당하고 있는 건 아닌지 걱정돼서 LINE 했더니 '괜찮아요. 배가 가득 차서 자고 있어요'라면서 이 사진을 보냈어."

카스미는 주위에 들리지 않도록 작은 목소리로 말하면서도 터져 나오는 웃음을 꾹 참듯이 이를 악물고 있었다.

이런. 당했다.

어제 얕은 잠을 자고 있을 때 장난칠 거라고 말했는데, 이미 장난친 뒤잖아!

나나세는 내가 뭔가 저질렀을 때 이런 짓을 한다.

하지만 이게 무엇에 대한 보복인지 모르겠다.

"이거 너무 가공하지 않았냐."

"으~음, 원판이 우락부락하니까 이 정도가 딱 좋지 않아?"

써본 적 없지만 가공 앱의 기준은 그런 건가.

"나 참~, 또 둘이 꽁냥거리네."

뒤에서 높고 날카로운 목소리를 낸 사람은 토리시마였다. 벌써 모모타한테서 풀려났나.

"빨리 왔네?"

"그야 공중에서 엎드려 빌면 간단하지."

"그것참 간단하네."

"그보다 그 사진은 뭐냐? 쥬몬지가오카가 찍었어?"

"어? 아, 맞아. 과자를 만들어서 나눠줬더니 그대로 잠들어서. 그때 찍은 거야."

어제 카스미에게 나와 나나세의 관계는 비밀이라고 얘기하길 잘했다.

"쥬몬지가오카의 과자라고……? 그러면 자는 게 아니라 기절한 거잖아."

"오호, 토리시마. 엄청 용기 있는 발언이네?"

카스미는 싱글거리며 부드럽게 말했지만, 얼굴은 전혀 웃지 않았다.

"아, 아니, 그런 게 아니고……! 그, 그래, 기절할 정도로 맛있다는 뜻——."

공중에서 엎드려 비는 모션에 들어간 토리시마의 어깨를 카스미가 잡아서 저지했다.

"괜찮아. 엎드려 빌지 않아도. 대신 요즘 검도 연습 상대가 없으니까, 그 상대를 해주면 돼. 물론 호구는 없지만 괜찮지?"

시선으로 도움을 구하는 토리시마에게 난 조용히 명복을 빌었다.

【막간 4】 나나세 클로에의 점심 식사

모두에게는 평소와 다름없는 점심시간.

하지만 나에게는 조금 특별한 점심시간.

과연 요츠모토 군은 내가 만든 도시락을 맛있게 먹어줄까.

내가 만든 도시락을 먹이는 건 딱히 오늘이 처음이 아니다.

전에 만든 건 간단히 잽싸게 만든 것이고 오늘이 기본 사양.

어머니와 같이 만들었으니 큰 문제는 없을 것이다.

하지만 자신이 만든 도시락을 누가 먹는 건 긴장된다.

요츠모토 군은 아직 도시락 보따리를 여는 도중인데 일거수일투족이 신경 쓰였다.

이런, 요츠모토 군도 이쪽을 보고 있다. 상황을 살피고 있던 걸 들킨 모양이다.

"클로에, 왜 그래? 뭔가 아까부터 안절부절못하지 않아? 화장실이라면 걱정하지 말고 갔다 와도 돼."

앞자리와 내 자리를 막 합친 스노하라 나유타가 도시락 보따리를 풀면서 말했다.

"아냐, 괜찮아. 도시락 먹자."

난 문제없다고 검지와 엄지로 동그라미를 만들고 나유

타에게 말했다.

나유타와는 중학교 때부터 신기하게 사이가 좋다.

외모는 나와는 달리 키가 크고 몸매도 좋다. 부활동으로 육상을 하고 있고 복근도 갈라져 있다.

그래서 그런지 내 몸이나 볼을 만지고 클로에는 떡처럼 말랑말랑해서 감촉이 좋다고 말한다.

시원한 숏컷에 성격도 서글서글해서 그런지 운동부 남자에게 인기가 많고 지금까지 사귄 사람도 몇 명인가 있는 것 같다.

요츠모토 군이 있는 쪽을 살짝 보니, 마침 내가 만든 계란말이를 입으로 가져가고 있었다.

기침하거나 표정이 험악해지지 않은 걸 보면 괜찮으려나.

자세한 감상은 집에 가서 물어보자.

"있잖아, 클로에, 듣고 있어?"

"아, 그, 미안. 잠깐 멍하니 있었어."

"괜찮아? 아까부터 뭔가 이상하지 않아?"

"진짜 괜찮아. 그래서 무슨 얘기였지?"

"그 왜, 내 남자 친구. 이젠 전 남친이지만. 진짜 짜증 나는 녀석이야. 보통 사귄 지 한 달 만에 바람피워?"

"어?! 바람? 나유타의 남자 친구는 축구부 선배였지?"

사귀기 시작하고 그렇게 바로 바람을 피우나?

놀라운 보고에 내가 굳어있으니,

"빈틈 발견!"

"머하흔 거야!"

나유타가 톳조림에 들어간 풋콩을 열려있는 내 입에 집어넣었다.

"입을 벌린 채로 있어서 내 반찬을 먹고 싶은 건가 싶어서."

"먹고 싶다는 생각 안 했어."

"그래? 난 엄청 먹고 싶은 얼굴로 보였는데."

"어, 엄청 먹고 싶은 얼굴이라니……. 그보다 지금은 그게 아니라 나유타의 남자 친구가——."

"그런 자식은 이제 남친 아니야. 그런 팔랑거리는 옷을 입은 지뢰계 여자랑 꽁냥대고 말이야. 나한테는 시원시원한 느낌이 좋다고 말했으면서. 화나서 축구 연습 중에 반월판 부상 저주를 담아서 엉덩이에 발차기를 날려줬어."

"그 저주는 진짜로 성취될 것 같아서 무서워."

나유타는 인기가 많은데 항상 오래 가지 않는다.

역시 사귄다는 건 어려운 걸까.

나유타는 단숨에 이야기해서 목이 마르는지 물통에 든 것을 들이키듯이 마신 후에 이야기했다.

"그보다 클로에는 어때? 좋아하는 사람이라든가? 나 같은 것보다 10배 정도는 더 인기 있잖아."

"나, 난 딱히 좋아하는 사람은 없는데. 그리고 좋아하는 마음이나 사귀고 싶다는 마음 같은 건 잘 모르겠고…….”

왠지 술에 취한 사람처럼 트집을 잡기 시작하는 나유타.

그 물통 안에 든 거, 술 아니지?

“순수한 소녀인 클로에는 나의 부글부글 끓는 속을 모르겠지?”

“나도 언제까지고 아이가 아니거든?”

“어디가?”

“올해도 키가 5mm 자랐고.”

“5mm면 오차잖아.”

“5mm라도 10년이면 5cm, 100년이면 50cm는 자라거든요.”

나유타가 입을 막고 웃기 시작했다.

뭐, 50cm는 과하지만 10cm는 크고 싶다.

“나보다 커지는 거 기대하면서 기다릴게. 그렇지, 그 얘기 어떻게 됐어?”

“무슨 얘기?”

“그거 말이야. 클로에한테 새로 오빠가 생긴다는 얘기.”

“아, 음, 그거는…….”

그러고 보니 요츠모토 군의 집과 상견례를 하기 전에 나유타에게 그 이야기를 했었다.

요츠모토 군은 우리가 가족이 됐다는 이야기는 주변에 하지 않도록 하라고 카스미 양에게 입단속을 시켰다.

하지만 나유타에게 거짓말하는 건 싫고 나유타도 입단
속을 시키면 말을 퍼뜨리는 아이는 아니다.

주위를 한 번 확인하고 나유타 쪽으로 몸을 내밀어 살짝
귓속말하듯이 말했다.

"그 얘기 말인데, 좀 다르거든. 연상이 아니라 동급생……
요츠모토 군이었어."

요츠모토 군이 누구? 라는 표정으로 굳는 나유타.

그래서 내가 요츠모토 군 일행이 밥을 먹고 있는 곳으로
살짝 시선을 돌렸다.

"진짜? 그런 일이 있을 수 있어?"

목소리를 낮추면서도 믿을 수 없다며 눈을 깜빡였다.

나도 상견례 때 오빠가 될 사람이 요츠모토 군이라는 걸
알고 입을 뻐끔거릴 정도로 놀랐다.

나유타는 한 번 더 요츠모토 군이 있는 쪽을 보고 이번
엔 내 도시락을 봤다.

"혹시 요츠모토가 먹고 있는 게——."

"쉿—— 내, 내 것만 만들 수는 없었기 때문에 만든 건
데……."

딱히 나쁜 짓을 한 것도 아닌데 귀가 뜨겁고 등에 땀이
나고 있다는 걸 알 수 있었다.

"흐~음. 클로에가 도시락을 말이지. 역시 그때부터 약
간 인연이 있었던 걸까."

나유타는 그렇게 말하고 랩을 벗긴 주먹밥을 물었다.

【제4화】 소중히 하고 싶은 사람

"이야아아아아아아아! 에에에에이야아아아아!"

쥬몬지가오카가의 무도장에 어떻게 문자로 옮겨 적기 어려운 기합 소리, 발을 디딜 때 바닥을 박차는 소리, 죽도가 서로 부딪치는 메마른 소리가 울려 퍼졌다.

내가 아무리 공격해도 정확하게 그 공격을 받아내는 쥬몬지가오카 겐류는 나이가 느껴지지 않는 칼놀림과 발놀림을 보여줬다. 체력이나 근력으로 내가 뒤지지는 않을 것이다.

하지만 검도는 그것만으로 승패가 정해지지 않는다.

코등이싸움을 한 후 한 번 거리를 벌렸다.

다음엔 어떻게 할까.

죽도 끝까지 집중력이 전해지고 있는 듯한 겐류 할아버지의 자세에 빈틈은 없다.

하지만 내가 파고들지 않으면 한 판은 못 딴다.

"이야아아아아압!"

파—앙

내가 파고들어 치는 것보다 먼저 내 손목이 튕겨 나왔다.

빠르다!

이때까지 계속 방어만 하던 '정' 상태에서 한순간에 한판을 따러 오는 '동'으로 전환하는 속도에 압도되었다.

그렇다고 해도 나는 여기 이외의 검도는 모르지만. 검도부에 소속된 것도 아니고 검도를 잘하는 것도 아니다.

내가 검도를 배운 건 겐류 할아버지 한 명뿐이다.

호면을 벗고 도장 구석에 있던 수건을 들어서 땀을 닦았다.

"자, 수분 보충해라."

겐류 할아버지가 생수를 줬다.

"감사합니다."

"망설임이 있는 칼에는 빈틈이 생긴다. 자네는 내 자세를 보고 어떻게 하면 좋을지 몰라 일단 파고들었지. 그럴 때 칼에는 망설임이 있으니 바로 알 수 있다."

"정확하네요. 망설이면서 죽도를 휘두르다가 당했어요."

내 옆에 앉은 겐류 할아버지는 도저히 60대 후반이라고는 볼 수 없는 탄탄한 근육이 붙어있다. 원래 무도를 좋아해서 검도뿐만 아니라 유도와 무술 태극권까지 다방면에 뛰어난 무도 마니아다. 아무래도 머리카락은 가늘어졌지만, 눈빛은 예리하고 허리도 꼿꼿해 동년배인 사람들보다 훨씬 젊다.

"자네는 원래부터 전체적으로 엉성한데. 오늘은 평소보다 집중력이 부족하다는 느낌이 드는군. 원인은 그 아이인가."

겐류 할아버지는 그때까지 짓고 있던 표정을 풀고 씨익 웃고 안채 쪽을 가리켰다.

안채에서는 나나세와 카스미가 과자를 만들고 있다.

난 간단한 요리는 하지만 과자는 거의 안 만든다. 모처럼 여자 둘이 즐겁게 있을 테니 내가 거기에 있는 건 융통성 없는 짓이다.

그래서 난 이렇게 겐류 할아버지와 검도 연습을 하고 있다.

검도 연습은 겐류 할아버지와 방과 후에 주에 3일 정도 하며 평소에는 카스미도 같이 하고 있다.

부활동이나 학생회, 뭔가 배우러 다니지도 않고 한가한 시간을 주체하지 못하는 날 이렇게 불러주는 건 고마운 일이다.

특히 부모님이 이혼해 정신적으로 불안정했던 때에 엄하게 단련시킨 덕분에 길을 잘못 들지 않고 오늘까지 살아올 수 있었다.

뭐, 내가 카스미와 같이 있는 경우가 많으니 겐류 할아버지는 내가 보디가드를 대신했으면 하는 의도가 있었던 것 같지만.

몸을 움직이는 건 싫어하지 않고, 아버지는 일하느라 밤까지 집에 오지 않으니, 나에게 카스미의 집은 방과 후에 머물 좋은 곳이었다.

"갑자기 아버지가 재혼한다고 하더니, 얼마 전부터 같이 살기 시작했어요. 아직 망설임을 다 털어낼 수는 없었어요."

"카스미한테 아버지가 재혼했다는 이야기도 동갑인 여동생이 생겼다는 이야기도 듣긴 했는데, 엄청 귀여운 애가 동생이 됐구먼. 아까 잠깐 봤는데 놀랐다."

"귀여운 건 좋지만 뭐랄까, 동생답지 않다고 해야 하나……."

딱히 나나세한테 오빠라 불리고 싶다던가, 오빠에게 의지했으면 하는 건 아니다.

같이 살기 시작한 지 아직 일주일도 안 지났는데 거리가 가깝다고 해야 할까…….

아니, 가족이니까 거리가 가까운 건 나쁘진 않지만.

"나나세는 똑 부러져서 동생보다는 누나 같은 느낌이 들 때도 있고 아이 같은 때도 있어서 휘둘리기만 하고 있어요."

"호~, 뭔가 동생보다는 여자 친구 같구먼."

"여, 여자 친구라뇨! 무슨 소릴 하는 거예요! 가족이니까 그런 관계는 될 수 없죠."

"근데 솔직히 말해서 어떠냐. 저렇게 귀여운 애랑 한 지붕 아래서 살면 신경은 쓰이는 법이잖나."

오늘 겐류 할아버지는 이상하게 나에 대해 캐물었다.

평소 같으면 나에 대한 것보다 카스미가 학교에서 어떻

게 지내는지 물어보는 경우가 많다.

반에 잘 적응하고 있는지, 이상한 남자가 접근하지는 않는지 묻는 식이다.

내가 아는 범위에서는 카스미에게 접근하는 남자는 없다. 만약 그런 녀석이 나와서 내가 겐류 할아버지에게 보고하면 그 녀석은 제거당하지 않을까 하는 생각이 든다.

뭐, 그 정도로 겐류 할아버지가 카스미를 사랑한다는 말이다.

"전혀 신경 안 쓰인다고 하면 거짓말이겠죠."

"솔직해서 좋군."

"하지만 지금은 그런 것보다 가족으로서 나나세를 소중히 대하고 싶은 기분이에요."

가족의 인연이 생각만큼 견고하지 않은 걸 아는 사람으로서 이번에는 그렇게 되지 않도록 해야 한다는 마음이 앞섰다.

나나세와 같이 있으면 스스로 제어할 수 없을 정도로 가슴이 뛰는 경우가 있다.

하지만 그 마음에 휩쓸리면 지금의 관계는 부서져 버린다. 한 번 부서져 버린 가족은 깨져 버린 유리 세공품처럼 원래대로 되돌리는 건 쉽지 않다.

"역시 자네는 재밌어. 나였으면 같이 살기 시작하기 전부터 꼬시려고 했을 게다."

내 대답을 들은 겐류 할아버지는 내 어깨를 팍팍 치면서 큰 소리로 웃었다.

"그렇게 치시면 아픈데요."

겐류 할아버지는 내 항의를 무시하고 계속해서 말했다.

"네가 누군가를 소중히 하고 싶다고 말하는 게 얼마 만이냐."

"제가요?"

내가 전에 누군가를 소중히 하고 싶다고 말했던가. 내가 소중히 하고 싶은 건 풍파를 일으키지 않는 평온한 일상이다.

"잊었나? 여기로 이사 와서 카스미랑 놀게 됐을 때 말이다. 괴롭힘당할 뻔한 카스미를 너 혼자 도와주러 갔다가 얻어맞은 적이 있잖나."

"아~, 있었죠."

"그래서 내가 대신 고맙다고 했더니, 카스미는 소중한 친구라고 대답했지."

"그때의 전 몹시 건방졌군요."

왜 카스미가 괴롭힘당할 뻔했는지는 기억나지 않지만, 카스미를 괴롭히려던 녀석이 넷 있었다.

난 그때 지금처럼 몸이 크지 않았고, 겐류 할아버지에게 검도를 배우지도 않았지만, 유일한 친구가 위기에 처했다고 생각해 도왔다. 지금 생각하면 참 앞뒤 재지 않는 무모

함이었다. 카스미를 데리고 도망치거나 큰 소리로 근처에 있는 어른을 부르면 됐을 것을.

"카스미는 그때 자네가 전혀 반격하지 않고 맞기만 했다고 얘기해서 난 아이지만 재밌는 녀석이라 생각했지. 아이가 싸우면 보통은 서로 치고받는데 말이야."

"아마 쌍방 과실이 나오면 안 된다는 귀엽지 않은 속셈이었을걸요."

아니면 내가 겁쟁이라서 전혀 반격하지 못했거나.

그때 날 두들겨 팬 녀석은 나에게 감사해야 한다. 만약 내가 없어서 카스미를 다치게 했으면 겐류 할아버지한테 얻어맞았을지도 모른다.

뭐랄까, 자신의 기억이 어렴풋한 때의 일을 이렇게 칭찬받으면 쑥스럽다.

더 이상 당시의 이야기가 나오지 않도록 나는 주제를 나나세로 돌렸다.

"아무튼 전 나나세를 소중히 대하고 싶어요. 하지만 솔직히 남매의 거리감을 전혀 모르겠어요."

턱에 손을 대고 고개를 갸웃하는 겐류 할아버지.

"남매라…… 서로의 나이를 생각하면 억지로 남매의 틀 안에 밀어 넣으려고 해도 잘 안 되겠지."

겐류 할아버지의 말대로라는 걸 깨달았다.

아버지가 재혼하고 새로 가족이 되고 남매가 되었으니

각자의 역할을 연기한다. 그렇게까지 하지 않더라도 각자가 그럴듯하게 생활하면 이번에는 가족이 깨지는 일은 없다고 생각했다.

상연 중인 무대 위에서만이라면 가족을 연기할 수 있을지도 모른다. 하지만 매일 같이 살고 있으니 계속 연기하는 건 불가능하다.

"그렇네요. 아무래도 전 남매라는 틀에 너무 얽매여 있었나 봐요."

"사고가 얽매이면 그 틀 너머에 있는 것을 알아차릴 수 없지."

"그럼 전 어떻게 하면 좋을까요."

"그건 스스로 생각해라. 뭐든 답을 받아서 그대로 하려고 하면 안 돼."

난 한 번 더 생수를 마시고 내용물이 반 정도 남은 페트병을 두고 대신 죽도를 쥐고 일어섰다.

다른 사람에게 받은 답대로 했다가 잘 안되면 그 답을 탓하게 될 것이다.

그렇기에.

"그렇네요. 답은 바로 안 나올지도 모르지만 제 나름대로 생각해 볼게요."

"그래, 젊을 때는 이것저것 생각하고 이것저것 실패하고 또 생각해라. 그렇게 하지 않으면 나 같은 멋진 어른이 될 수 없다."

다시 큰 소리로 웃는 겐류 할아버지. 오늘은 상당히 기분이 좋은 것 같다.

난 잡념을 떨쳐내듯이 죽도를 휘두르기 시작했다.

우선 자신의 마음과 마주해야 한다.

"그건 그렇고 자네를 그렇게 고민하게 만들다니…… 카스미도 언제까지고 배짱 장사를 할 수 없겠구먼."

"네? 그게 무슨 뜻, 아악!"

겐류 할아버지의 죽도가 내 엉덩이를 찰싹 때렸다.

"됐으니까 자네는 똑바로 집중해서 죽도를 휘두르도록."

마음을 비우고 죽도를 계속 휘두르는 가운데, 내 가슴속에 있던 답답함이 조금 걷혀가는 느낌이 들었다.

●

나나세가 과자가 곧 완성된다고 전해주러 와서 겐류 할아버지와의 연습을 끝내고 쥬몬지가오카가의 일본식 안채로 돌아가기로 했다.

현관문을 열자, 내 방보다 더 넓은 현관에 초콜릿 향이 희미하게 났고, 그 향은 부엌에 다가갈수록 진해졌다.

현재로서는 탄 냄새는 없다. 카스미 특제 암흑 물질은 만들어지지 않은 모양이다.

부엌에서는 카스미가 다 쓴 조리 기구를 설거지하고 있었고 나나세는 다 구운 과자에 초콜릿을 붓고 있었다.

과연, 이렇게 역할 분담을 하면 잘될 것 같다.

"꽤 본격적이네."

"드디어 먹기 전문이 돌아왔네."

마침 설거지가 일단락됐는지 카스미가 싱크대의 물을 잠그고 말했다.

"정말로 검도복을 입고 연습하네요?"

"뭐, 일단은. 이걸 입으면 마음이 다잡아지니까."

"도복 차림도 상당히 멋지다고 생각해요."

"클로에, 그렇게 칭찬하면 안 돼. 클로에한테 멋지다는 말을 들으면 금방 까부니까."

나도 이 모습은 약간 비일상적인 기분을 느낄 수 있어서 꽤 좋아한다.

참고로 카스미도 연습할 때는 도복을 입는데, 카스미는 씩씩한 분위기가 있어서 나보다 훨씬 잘 어울린다.

"그래서 뭐 만들었어?"

"오늘은 초콜릿 피낭시에 도전했습니다."

"튀김가루를 넣은 건 아니겠지?"

"괜찮아. 오늘은 재료를 확인하고 시작했으니까."

"하나 맛보세요."

작은 접시에 놓인 초콜릿 피낭시에. 다 구워진 피낭시에에 초콜릿을 뿌리고 마무리로 부순 견과류를 뿌리는 공든 과자다.

겉보기에는 가게에서 파는 것과 큰 차이가 없을 만큼 잘 만들었다.

문득 생각했는데 나나세가 만들어 준 과자(일단 카스미도 도와줬다)를 이렇게 독점하듯이 먹을 수 있는 건 상당한 일이 아닐까? 나나세는 밸런타인데이에도 함부로 초콜릿을 나눠준 적이 없다.

즉 이것은 남매 특권인 거다. 그렇게 생각하니 미소가 절로 지어졌다.

"뭘 히죽거리는 거야? 이상한 건 안 들었어."

"아, 아무것도 아니야."

마음을 가다듬고 포크로 반으로 잘라 입에 넣으니 초콜릿 향이 입 안 가득 퍼졌다. 바깥은 살짝 바삭해서 표면에 뿌린 초콜릿이 속의 부드러운 부분과 어우러지는 것 같아 더욱 맛있었다.

"이거 엄청나네."

"어휘력이 죽었어."

"카스미가 만든 것 같지 않아."

"그·러·니·까 맛에 대한 감상을 말하라고! 잘 만들었네요, 라던가."

"그것도 맛에 대한 감상이 아닌 것 같은데……."

"아니, 정말로 맛있어. 외양도 예뻐서 가게에서 파는 것 같아."

카스미는 나나세와 어깨동무하고 예이 라며 엄지를 척 세웠다.

내가 하면 성희롱이라고 규탄당하겠지.

한편, 나나세는 카스미의 갑작스러운 어깨동무로 조금 당황한 듯한 표정이었다.

"뭐 그렇지. 오늘은 카스미 feat.클로에가 만들었으니까 당연한 결과야."

이름이 반대로 들어갔잖아, 라고 말하고 싶었지만 참았다.

완성된 과자를 우리 집에 가져갈 것만 따로 밀폐용기에 넣어서 챙겼다.

나중에 아버지가 먹으면 분명 울면서 기뻐할 거다.

겐류 할아버지도 이제야 겨우 카스미가 신랑을 맞이할 수 있겠다면서 먹었다.

과연 이 집에 장가를 오는 희한한 사람이 있을까.

●

연습하느라 흘린 땀을 목욕하면서 씻어내려고 했지만, 저녁 준비가 되어가고 있는 것을 보고 일단 옷만 갈아입고 목욕은 나중에 하기로 했다.

탈의실에서 도복을 벗고 바디 페이퍼로 몸을 닦았다. 검도를 한 후에는 땀 냄새도 나지만 호구 냄새도 나니 제대로 닦아야 한다…….

""엑?!""

의도치 않게 두 사람의 목소리가 동시에 울렸다.

두 사람이란 문 앞에 있는 나나세와 팬티만 입고 있는 나를 말한다.

시선이 교차하는 채로 굳은 두 사람.

하지만 얼굴과 몸은 굳어있는데 순식간에 얼굴이 끓는 점에 도달한 나나세는,

"아, 으, 그러니까, 아무것도 못 봤어요!"

라는 알 수 없는 말을 남기고 문을 닫았다.

아무것도 못 봤다는 말도 안 되잖아.

몸을 다 닦은 나는 티셔츠와 집에서 입는 느슨한 바지를 입으면서 설마 이런 만화 같은 일어날 줄은 몰랐다고 생각했다.

만화에서는 이런 상황에 대개 나나세가 옷을 갈아입는 모습을 내가 실수로 보는 패턴이지만.

하지만 그런 경우에는 이후에 나의 사회적 사망이라는 추가 이벤트도 발생한다.

옷을 다 갈아입은 내가 탈의실 문을 여니 아직 얼굴이 그

대로 상기되어 있는 나나세가 복도의 벽에 기대서 있었다.

"미, 미안해요, 밥 먹기 전에 손을 씻으려고 했는데……."

"아니, 내가 잘못했어. 내 방에서 갈아입어야 했는데."

"…………."

이 이상 계속 침묵할 수는 없다고 생각해서 무난한 말을 해봤다.

"그, 검도를 한 후에는 땀 냄새뿐만 아니라 호구 냄새가 나기도 하니까 밥 먹기 전에 냄새가 안 나게 하려고……."

"그런가요."

나나세는 내 가슴에 얼굴을 가까이하더니 킁킁 냄새를 맡았다.

……?! 아니, 잠깐잠깐잠깐! 가깝다기보다, 너무 가깝다.

"아까도 지금도 냄새 안 나요."

지금 냄새가 안 나는 건 바디 페이퍼 덕분인데…….

마음속에 휘몰아치는 폭풍 속에서 필사적으로 견디는 나.

하지만 동시에 킁킁 냄새를 맡는 나나세가 걱정됐다. 나나세는 어째 가드가 약하다고 해야 할까, 거리감이 가까운 부분이 있다.

"나나세, 여자애끼리라면 몰라도 남자한테 이런 짓을 하면 안 돼."

나나세의 어깨를 잡고 쭉 밀어 거리를 벌렸다.

"미안……해요."

이런. 나도 모르게 조금 세게 말해버렸다.

"이, 이런 짓을 하면 착각해서 고백하는 남자가 있을지도 모르니까."

"그, 그건──."

"슬슬 밥 먹자."

나나세의 말을 가로막듯이 미사키 씨의 목소리가 울렸다.

그 자리에서는 서로 왠지 모르게 그 이상의 말을 하지 않았고 난 식당으로, 나나세는 세면대로 향했다.

그날 저녁도 평소대로 맛있었지만, 피낭시에를 하나 먹어서 그런지 평소보다 위가 부풀어 있는 느낌이 들었다.

【제5화】구기 대회의 공주님

우리 학교는 체육 대회도 문화제도 2학기에 있어서 1학기에는 이벤트가 그렇게 많지 않다.

신입생 입장에서는 아직 학교에 적응하지 못한 시기이기도 하니, 그렇게 이벤트가 많아도 힘들 것이다.

그런 1학기에 있는 몇 안 되는 이벤트가 반 대항 구기 대회다.

체육 대회에 비하면 이벤트의 규모는 작지만, 새로운 반이 된 이후의 단결력을 시험받는 이벤트다.

예년 종목은 남녀 모두 농구와 배구이며 대회는 이전에 토리시마와 이야기했듯이 학생회가 중심이 되어 운영한다.

그래서 구기 대회에서 내가 얼마나 활약하느냐 하면, 전혀 안 한다고 해도 좋다.

참가 종목은 농구인데 원래부터 그다지 잘하지 못한다.

키가 커서 잘할 것 같지만, 금방 실력이 들통난다.

아무튼 팀의 발목을 잡지 않도록 하는 것이 나의 한계다.

당연히 결과는 1회전 패퇴.

스포츠 뉴스라면 경기 영상이 방송되지 않고 결과만 발표되는 수준의 경기 내용이었다.

우리 반이 탈락하지 않은 종목은 결승까지 진출한 여자

배구뿐.

　참고로 이 종목에 나나세와 카스미가 참여했다.

　이후에는 반 전체가 여자 배구를 응원하러 가는데, 경기 시작까지는 아직 시간이 있다. 그래서 난 잠깐 혼자 느긋하게 있고 싶어서 항상 가는 구교사 비상계단으로 향했다.

　오늘 같은 날에 여기에 오는 학생은 당연히 없다.

　진짜 최근에는 여러 사건이 너무 많이 일어났다. 내 주변 환경이 눈이 핑핑 돌 정도로 변한 게 원인인데, 그중에서도 나나세 관련 일에 뇌의 리소스를 너무 많이 쓰고 있다.

　짧은 시간일지도 모르지만 여기서 조금 느긋하게 있으면서 회복을———.

　"옆자리 괜찮을까?"

　"우옷!"

　갑자기 누가 말을 걸어서 화들짝 놀라 허리를 쭉 펴고 반사적으로 목소리가 나와 버렸다.

　목소리가 들린 쪽을 보니, 미간을 찌푸리고 가볍게 째려보는 듯한 눈빛으로 보고 있는 스노하라가 서 있었다.

　"왜 그렇게 놀라?"

　"미, 미안. 설마 누가 올 줄은 몰라서."

　"그렇게 놀라면 좀 상처받는데."

　아니, 나는 아무도 없을 줄 알았는데, 갑자기 누가 말을 걸면 보통은 놀랄 수밖에 없다고.

스노하라는 내 옆에 자리 잡더니 가지고 있던 종이팩에
든 오렌지 주스와 자몽 주스를 보여줬다.

"놀라게 한 것에 대한 사죄는 아니지만, 어떤 게 좋아?"

설마 했던 감귤계 & 감귤계.

"이건 왜?"

"옆에서 나만 마시면 미안하겠다 싶어서. 그래서 뭐 마
실래?"

질문에 대한 대답이 안 된 것 같은데…….

"음, 자몽으로."

"의외네. 신 거 잘 먹어?"

"이 정도는. 그리고 자몽에는 피로 해소 효과가 있다고
하니까."

"요츠모토네 팀은 1회전에서 졌는데 지칠 게 있어?"

"뭐, 그, 여러 가지 요소가 있었어. 그래서 스노하라는
왜 여기에?"

층계참의 난간에 몸을 기대고 아무도 없는 운동장을 보
는 두 사람.

받은 주스를 한 입 마시니 자몽의 눈이 번쩍 뜨이는 신
맛이 코를 찔렀다.

"클로에랑 가족이 됐지?"

그런 건가. 내가 카스미에게는 언젠가 들키니까 나나세에
대해 말한 것과 마찬가지로 나나세도 스노하라에게는 말

한 건가.

"어, 저번 주부터."

"클로에는 집에선 어때?"

"어떠냐고 물어봐도 말이지."

"학교랑 똑같은 느낌?"

"학교에서의 나나세를 잘 모르니까 말하기 좀 그런데."

뭐라 대답하면 좋을지 모르겠다. 내가 아는 한, 학교에서의 나나세와 집에서의 나나세는 다르다.

그중 한 가지 원인은 나에게 있는데⋯⋯.

그걸 말하면 스노하라에게 쓸데없는 오해를 사게 되니까 지금은 말하지 않는 게 상책이다.

"으~음, 그럼 클로에를 괴롭히거나 하진 않지?"

"괴롭히다니, 내가 초등학생이냐? 오히려 나라서 나름 대로 잘 지내고 있는 걸지도 모른다고."

"그렇구나, 다행이네."

"왜 네가 그런 걸 신경 쓰냐?"

"그야, 뭐, 나는 클로에의 친한 친구니까⋯⋯?"

"친한 친구로서 나나세한테 갑자기 의붓오빠가 생겼다는 이야기를 듣고 걱정된 거야?"

"으음, 걱정이라 해야 하나⋯⋯. 그 왜, 클로에는 붙임성 좋고 거절을 잘 못하는 면이 있으니까."

스노하라는 빨대를 문 채로 나를 살짝 올려다봤다.

분명 나쁘게 말하면 나나세와 한 지붕 아래서 살게 된 것을 기회로 삼아 거절을 잘 못하는 나나세에게 이상하게 접근하고 있는 건 아닌지 걱정하고 있을 것이다.

그 걱정의 반 정도는 맞지만.

"확실히 나나세는 모두에게 잘 대해 주지."

"난 좀 다르다고 생각해."

"다르다고?"

"클로에는 모두에게 잘 대해 주지만, 그 이상은 안 해. 누군가에게 고백받아도 사귀거나 하진 않지. 잘 대해 줘도 그 이상은 없어."

듣고 보니 그렇다.

난 지금까지 나나세와 나름대로 잘 지내왔다고 생각했는데, 그건 나나세의 정상 영업 범위일지도 모른다.

"그런데──."

스노하라는 내가 있는 쪽으로 돌아서서 이어서 말했다.

"요츠모토를 대하는 태도는 좀 다른 거 같아. 평소의 클로에였으면 가족이라고 해서 일부러 요츠모토가 먹을 도시락까지 만들지는 않았을 거야."

"이건 뭐, 무슨 일이 있는지 다 알고 있네."

"나야 모를 수가 없지. 둘이 반찬이 똑같았으니까. 조심하지 않으면 조만간 감 좋은 녀석한테 들킬지도 몰라."

"그건 귀찮은데."

"알면 조심해. 클로에의 마음을 배신하지 않았으면 좋겠어. 나도 요츠모토가 나쁜 녀석이 아니라고 생각하지만, 일단은 못을 박아둘게."

"제법 인상이 좋네. 내가 그리 신뢰받을 일을 했던가?"

좀 의외네. 평소에 스노하라와는 얘기하는 일이 거의 없는데.

"그, 작년 문화제 때 그런 일이 있었잖아."

"……아, 그거."

"그래. 그러니까 그때처럼 클로에도 소중히 대할 거라 생각하고 있어."

"그런 거라면 괜찮아."

스노하라는 주스를 쭈욱 마시고 눈부신 웃음을 보이며 말했다.

"부탁할게. 클로에 울리면 용서 안 할 거야."

●

구교사에서 돌아가니 여자 배구 결승전이 곧 시작할 시간이 되었다.

이미 패퇴한 반 친구들도 응원하기 위해 경기가 진행되는 체육관으로 향했다.

"쥬몬지가오카는 이전 경기에서도 대활약한 모양이야."

옆에서 걷는 토리시마는 아침부터 대회 운영 때문에 바쁜 것 치고는 아직 기운이 있었다.

운영 일은 자기 반이 결승에 진출해서 다른 담당자와 교대했다고 한다.

"그 녀석, 아가씨 주제에 야생아 같은 면이 있으니까."

"그 말, 내가 하면 또 비난의 대상이 될 것 같아."

괜찮다. 선수는 먼저 갔으니까 들을 염려는 없다.

"나도 들키면 갈비뼈 한 대 정도는 나갈 수도——커헉!"

강렬한 찌르기가 옆구리를 후벼팠다.

"경기 전이니까 그 정도로 해줄게."

"카, 카스미, 어째서……."

"경기 전에 화장실 다녀오는 길이다."

"제길, 운도 없지."

"나 참, 그런 소리 하지 말고 똑바로 응원해."

카스미가 검지로 내 가슴을 콕 찔렀다.

"그래. 카스미는 너무 힘쓰지 말고."

"괜찮아, 언제나처럼 한 방 먹여주지."

카스미는 그렇게 말하고 선수가 대기하는 곳으로 갔다.

"쥬몬지가오카, 기합이 들어가 있네."

"그냥 긴장한 거야."

"아, 그래서 너무 힘쓰지 말라고 한 거야?"

"그렇지."

카스미가 이런 때에 화장실에 가는 건 대개 그런 경우니까.

긴장해서 폭주하지 않으면 좋겠는데.

체육관에 들어갔는데 상대 반도 탈락하지 않은 종목이 이것밖에 없는지 응원하는 인원이 많았다.

경기가 시작되기 직전, 코트로 향하는 나나세가 나를 찾았는지 웃으면서 작게 손을 흔들었다.

학교에서 그런 짓을 하면 우리의 관계를 수상하게 여기는 녀석이 생기잖아.

하지만 무시할 수도 없어서 눈에 띄지 않는 정도로 작게 손을 흔들었다.

"야, 나나세가 지금 여길 보고 웃지 않았냐?"

"모르겠는데."

내 주위에 있는 녀석들 모두가 토리시마와 마찬가지로 태평한 녀석이길 빌고 싶다.

경기는 일진일퇴하며 손에 땀을 쥐는 전개를 보여줬다.

나나세는 리베로로서 상대의 서브와 스파이크를 끈질기게 받아냈고 카스미는 타고난 운동 능력을 발휘해 스파이크를 날렸다.

새 학기가 시작된 이후의 체육 수업은 구기 대회를 대비한 연습이 중심이 되는데, 그 성과가 나오고 있는지 세터와의 연계도 잘 되고 있었다.

상대 반도 여기까지 올라왔으니 당연히 강했고 세트 스코어는 1:1.

2세트 이기는 쪽이 이기니까 다음 세트가 마지막 세트인 상황까지 왔다.

하프 타임에 들어가 수분 보충을 끝낸 카스미는 머리를 묶고 있는 고무줄을 풀고 머리를 쓸어 올려 다시 묶었다.

더듬이처럼 늘어져 있던 머리카락도 전부 깔끔하게 묶은 모습은 기어를 한 단 더 올린 것 같았다.

"쥬몬지가오카, 기합이 엄청 들어가 있네."

"그러면 좋을 텐데."

난 손을 모아 입에 대고 스스로를 고무하는 듯한 카스미의 모습을 가만히 보고 있었다.

여느 때와 다른 카스미의 모습에 팀도 분발했는지 하프 타임 후에는 눈에 띄게 움직임이 좋아졌다.

카스미도 조금 전의 세트보다 강한 스파이크를 날리거나 자신이 마크당하고 있는 걸 이용해 상대를 유인하는 등 계속 활약해 우리 반은 훌륭하게 우승했다.

경기가 끝나자 토리시마는 운영 본부로 돌아갔고, 응원하러 온 사람들은 선수를 치하하기 위해 코트에 모였다.

눈물을 글썽이고 있는 나나세에게는 스노하라가 갔고, 난 카스미에게 말을 걸었다.

"수고했어."

난 한마디만 하고 카스미의 발목으로 시선을 돌렸다.

"들켰네."

카스미도 그렇게 한마디 대답만 하고 혀를 내밀었다.

난 카스미에게만 들리는 목소리로 보건실에 가자는 말만 하고 서로 기척을 지우듯이 경기의 여운이 남아있는 체육관에서 살짝 나왔다.

모처럼의 우승 분위기에 찬물을 끼얹고 싶지 않다.

체육관에서 나와 교무실 등이 있는 건물로 갔다. 목적지인 보건실은 그 구석 쪽에 있다.

"언제 알아차렸어?"

"2세트가 끝날 무렵에 위화감을 느꼈어. 하프 타임 때 머리를 다시 묶는 걸 보고 확신했고."

"그런 걸로 용케도 알았네."

"그만큼 오래 알고 지냈으니까. 마지막 세트가 끝날 즘에는 힘겨워 보이던데?"

"티 안 났다고 생각했는데."

헤헷 하고 웃는 얼굴도 아픔을 참고 있는 것처럼 보인다.

이대로는 보건실까지 걷기 어렵다고 생각한 나는 카스미의 무릎과 등에 손을 둘러 휙 들어 올렸다. 흔히들 말하는 공주님 안기 자세다.

"자, 잠깐만, 마사키, 뭐 하는 거야?!"

"다친 다리로 걷게 할 수는 없잖아. 너도 이게 편하지?"

"확실히 다리는 편하지만, 그게 중요한 게 아니잖아!"

"괜찮아, 주변에 보는 눈도 없는데."

"그런 게 아니라……."

공주님 안기를 당한 카스미는 얼굴을 붉히면서 시선을 돌렸다.

"겨, 경기 직후라 땀이나 냄새가……."

"어차피 항상 같이 검도하는 사이인데——."

"알겠으니까, 누가 보기 전에 보건실에 데려가 줘! 진짜 그런 점이……."

난 눈도 입도 꾹 닫은 카스미를 떨어뜨리지 않도록 조심하면서 빠른 걸음으로 보건실로 향했다.

●

보건 선생님의 진찰에 따르면 카스미는 가볍게 삐었다고 한다.

응급처치로 환부를 식히고 테이핑으로 고정.

일단 병원에도 가보라고 하는데, 전화 한 통만 하면 바로 겐류 할아버지나 가사 도우미가 와서 데려갈 것이다.

카스미는 보건 선생님에게 맡기고 나는 교실로 향했다.

교실 앞까지 오니, 안에 들어가지 않아도 우승에 열광하는 분위기가 전해져 왔다.

우승 만세 분위기를 탈 타이밍을 완전히 놓친 나는 기분을 그렇게까지 끌어올릴 수 없었다. 따라서 지각한 녀석처럼 뒷문으로 살짝 교실에 들어갔다.

이럴 때 몸이 크면 싫어도 눈에 띄니까 조심해야 한다.

"――뒤풀이는 역 앞에 있는 패밀리 레스토랑? 아니면 노래방?"

"패밀리 레스토랑은 다 같이 가면 자리 부족하지 않아?"

"항상 가는 노래방은 드링크바가 별로란 말이지."

반의 중심 멤버는 오늘 할 뒤풀이에 관해 이야기하고 있었다.

이 녀석들은 우승하든 안 하든 적당한 이유를 대고 신나게 놀겠지만.

"저기, 클로에도 같이 갈 거지?"

"글쎄요……."

나나세에게 말을 건 사람은 같이 배구에 출전했던 여학생이었다.

"그래. 나나세는 항상 안 오잖아. 오늘은 다 같이 놀자."

이어서 말을 건 사람은 나랑 같이 농구했던 녀석이었다. 1회전 패퇴했으면서 기분은 우승팀이네.

만약 인싸 멤버밖에 없는 뒤풀이에 나나세가 참석하는 건 가족으로서 걱정되는데. 반 친구들 모두 다 같이 간다면…… 내키지는 않지만 나도 참석하는 편이 좋으려나.

내 자리에서 나나세를 보니 머리카락을 빙글빙글 꼬듯이 만지작거리는 모습이 눈에 들어왔다.

그 몸짓을 보고 나나세가 이사 온 날에 스시를 먹을 때 있었던 일이 떠올랐다.

"역시 우승 멤버가 없으면 재미없으니까."

"으, 응……."

나나세를 참가로 몰아넣는 포위망이 좁혀져 갔다.

교실 안이면 지난번처럼 모모타 선생님을 흉내 낼 수도 없고.

난 결심하고 교실 중앙까지 가서 나나세에게 말을 걸었다.

"저기, 나나세."

"".......""

갑자기 끼어든 나에게 꽃히는 시선.

나도 같은 반인데, 말 좀 걸었다고 그런 눈으로 보지 말라고.

"토리시마가 학생회 관련으로 정리를 좀 도와줬으면 한다는데, 괜찮을까?"

"야, 요츠모토, 나나세는 방금까지 경기를 뛰어서 피곤하다고. 다른 녀석을——."

"그런가요! 그거 큰일이네요. 저, 잠깐 도와주고 올게요!"

반 친구의 말을 가로막은 나나세는 분위기가 달아오른 무리에서 빠져나와,

"요츠모토 군, 장소는 체육관인가요."

"어, 어어, 나도 같이 갈 거야."

불러낸 건 나인데도 나나세가 앞장서서 교실을 나섰다.

둘이 체육관으로 향하는 복도를 나아갔다.

우리 교실에서 두 교실 정도 떨어진 곳에서 나나세가 진지한 말투로 말했다.

"요츠모토 군은 나쁜 사람이네요. 그런 거짓말을 하다니."

역시 나의 조잡한 거짓말은 나나세에게 간파당했다.

어쩔 수 없다. 난 애드리브가 약하다.

"적절한 구실이 안 떠올랐거든."

"그런데 왜 제가 곤란해한다고 생각했나요?"

"머리카락 때문에."

"머리카락이 왜요?"

"아까 나나세가 머리카락을 빙글빙글 만지작거리면서 이야기하고 있었으니까."

나나세는 '이거 말인가요'라면서 아까 전과 똑같이 머리카락 끝을 집어서 만지작거렸다.

"응, 이사 온 날 밤에 스시를 먹을 때도 그러고 있었지."

"그랬나요?"

"미사키 씨가 성게랑 붕장어를 교환하지 않겠냐고 말했을 때도 그랬어."

"네?! 완전히 무의식적으로 했어요."

"아마 성게를 잘 못 먹는 걸 들키면 애 같아 보일 걸 걱정, 으갸아악!"

나나세가 학교에서 손끝으로 찌르다니!

손가락을 손날치기 하듯이 단단하고 뾰족하게 만들고 입을 삐죽대는 나나세.

"정말이지, 그런 점이 문제라고요."

왜 은혜를 원수로 돌려받게 됐지⋯⋯.

"그래서, 이제부터 어떻게 할까요? 바로 교실로 돌아갈 수도 없으니."

"홈룸까지는 쉬어도 되니까, 식당에서 주스라도 마실까. 우승 기념으로 살게."

"그건 안 돼요. 제 몫은 낼게요."

"아니, 적어도 오늘은⋯⋯."

아!

주머니에 손을 집어넣다가 깨달았다.

지갑을 교실에 두고 온 것을.

●

"사준다고 했는데 오히려 얻어먹는 꼴이라니, 미안."

"괜찮아요. 아까 도와준 보답이에요."

하루에 두 번이나 주스를 얻어먹을 줄은 생각지도 못

했다.

자판기 근처에 있는 벤치에 앉아 둘이 나란히 딸기오레를 마셨다.

나나세랑 같은 걸 먹어도 괜찮겠다는 기분으로 고른 딸기오레는 내가 생각했던 맛과는 약간 달랐다.

이렇게 맛있었나. 내 미각이 몇 년 전과 달라졌을지도 모르겠다.

빨대에서 입을 뗀 나나세가 이쪽을 봤다.

"그건 그렇고 카스미 양이 다친 걸 용케 알아차렸네요. 같이 코트에 있던 저도 전혀 몰랐는데."

나나세에게 카스미가 다쳤다는 소식을 전했다. 나중에 테이핑한 모습을 보면 모두가 알게 될 것이다.

"그냥 우연이야."

카스미하고는 오래 알고 지냈을 뿐이고, 나나세는 이사 온 날에 있었던 일이라 임팩트가 강했기 때문일 것이다.

"우연일까요?"

"그런 걸로 해줘."

우연이 아니면 내가 나나세와 카스미를 항상 빤히 쳐다보는 변태가 돼버린다.

"그래도 알아차——."

"어라, 이런 곳에서 다 보네."

익숙한 높고 날카로운 목소리. 토리시마였다.

구기 대회 뒷정리를 하고 있는지 양팔로 흘러넘칠 것만 같은 빈 페트병을 안고 떨어지지 않도록 균형을 잡으면서 이쪽으로 걸어왔다.

의외의 장소에서 의외의 인물이 나타났다.

나나세를 보니 나와 같은 생각을 했는지 작게 고개를 끄덕였다.

"고생하네. 도와줄게."

"저도 도와줄게요."

"지, 진짜? 나나세도 도와주는 거야?"

토리시마가 안고 있는 페트병을 위쪽부터 가져가 셋이 분담해서 들었다.

"이야~, 고마워."

"학생회도 고생이네. 이런 뒷정리까지 직접 하는 거냐."

"뭐, 서무는 그런 일이 많으니까. ……그래서 둘은 왜 이런 곳에서 주스 마시고 있었어?"

나나세와 내가 같이 주스를 마시고 있는 모습은 우리의 관계를 모르는 토리시마가 보기에는 부자연스럽기 짝이 없었을 것이다.

항상 태평한 녀석인데 지금은 왠지 예리했다.

"작게 축하하는 의미로 요츠모토 군이 사줬어요."

날 나쁜 사람이라고 했는데, 이로써 나나세도 같은 죄를 저질렀다.

"근데 왜 나나세한테만……."

"그, 그러니까, 요즘 카스미랑 같이 등교하거나 해서 좀 친해졌어."

이런 상황에는 완전히 부정하는 게 아니라 사실을 섞으면서 더 이상 추궁당하지 않도록 하는 게 최선이다.

"요츠모토, 너 설마……."

반짝 빛나는 토리시마의 안경.

한 가지 더 물어도 괜찮냐며 추궁이 오는가, 수수께끼는 모두 풀렸다며 진실에 도달했는가.

"쥬몬지가오카만으로는 만족하지 못하고 나나세까지 꼬셔서 하렘을 만들──커헉?!"

나나세는 페트병을 한 손으로 다시 안고 빈손으로 재빠르게 토리시마의 옆구리를 찔렀다.

"토리시마 군, 그러면 제가 바람 상대인 것 같잖아요."

절대 영도의 시선이 토리시마를 찔렀다.

옆에서 보고 있는 나까지 등줄기가 오싹한 것을 느낄 정도였다.

"네, 네에, 죄송합니다."

나나세가 화난 모습을 처음 봤는데, 무섭다.

쓰레기장 쪽으로 가는 나나세를 쫓으면서 뒤에 있는 토리시마를 봤다.

"토리시마, 그런 점이 문제라고."

아, 처음으로 이 대사 말했다.

●

구기 대회는 1회전에서 패퇴했지만, 평소와 다른 하루를 보낸 탓인가 피로가 컸다. 심지어 오늘은 금요일. 지금까지 쌓인 일주일의 피로가 보디 블로우처럼 타격을 준다.

학교에서 돌아온 나는 녹초가 되어서 거실의 소파에 쓰러졌다.

딩~동 하고 현관의 초인종이 울렸지만, 몸이 바로 반응하지 않았다.

네~ 하고 대답하고 현관으로 가는 나나세. 나보다 피곤할 텐데 훨씬 기운이 있는 것처럼 보였다.

"요츠모토 군, 카스미 양이에요."

거실문으로 얼굴만 쏙 내민 나나세가 가르쳐줬다.

카스미? 무슨 일이지? 보건실에 데려갈 때 공주님 안기를 한 걸 아직도 화내고 있는 걸까.

보건실에 들어갔을 때 우리 모습을 보고 보건 선생님이 어머머 소릴 냈었다. 덕분에 카스미에게 빨리 내리라면서 눈총을 받았었다.

"어서 와. 만화책 빌리려고?"

"아니, 그런 게 아니라, 그, 내일이잖아?"

카스미가 우물쭈물하다니 보기 드문 광경이다.

"내일? 뭐가?"

뒤에 있는 나나세가 들으면 부끄러운 약속이라도 했던가.

"너, 자기 생일도 잊은 거야?"

"아아, 그렇지 참."

"내일은 가족끼리 축하하나 싶어서, 먼저 주러 왔어."

카스미는 그렇게 말하고 손에 들고 있던 종이봉투를 나에게 넘겼다.

최근 몇 년이나 아버지가 일하느라 바쁘거나 해서 생일 파티 같은 걸 그다지 하지 않았다. 유일하게 했던 거라면 카스미네 집에서 호화로운 밥을 얻어먹은 정도다.

"신경 안 써도 되는데."

"아니야. 그거, 마음에 들었으면 좋겠는데."

"지금 열어봐도 돼?"

"물론. 말해두겠는데 뭐로 할지 꽤 고민했거든."

종이봉투에 들어있던 A5 사이즈의 포장을 여니, 나와 카스미가 좋아하는 극단 울트라 익스프레스의 연극 '엘프와 사무라이'의 블루레이 디스크가 들어있었다. '엘프와 사무라이'는 팽형을 당한 이시카와 고에몬이 이세계에 전생해서 만난 엘프 미녀와 모험을 펼치는 이야기다. 극장에서 보는 현장감도 좋지만, 영상 작품은 배우의 세세한 연기까지 볼 수 있는 점이 좋다.

"이거, 수험을 보는 해라서 못 갔을 때 상영한 거지?"

"맞아, 마사키가 보러 못 갔다면서 아쉬워한 거야."

"고마워. 다음에 카스미도 같이 보자."

"클로에도 같이 보는 게 어때? 분명 이걸 보면 클로에도 우리랑 마찬가지로 늪에 빠지게 될 거야."

나나세는 카스미의 제안에 웃으면서 '저도 보고 싶네요' 라고 대답했지만,

"괜찮아? 뭔가 안색이 안 좋은 것 같은데."

원래도 하얀데 핏기가 살짝 가신 듯한 느낌이었다.

"그, 그런가요?"

"응, 열나는 거 아니지?"

"오늘은 힘을 좀 많이 써서 지쳤을 뿐일 거예요."

그 말만 하고는 이쪽에 얼굴을 비치지도 않고 계단을 뛰어 올라가 자기 방에 들어갔다.

평소와 태도가 다른 나나세를 걱정하는 건 카스미도 마찬가지인지 둘이 얼굴을 마주 봤다.

"경기할 때 뭔가 있었어?"

"아니, 내가 본 바로는 나처럼 다치거나 하진 않았는데."

"그러면 생활환경이 바뀌어서 피곤한 걸지도 모르겠네."

"응, 클로에, 오늘도 열심히 했으니까."

"나중에 상태 볼게. 생일 선물 고마워. 그리고 카스미도 발, 무리하지 마."

"응. 그건 그렇고 클로에의 몸 상태가 안 좋은 것 같은 걸 알다니, 의외로 오빠 노릇 하고 있네."

눈을 가늘게 뜨면서 놀리는 표정을 짓는 카스미.

하지만 언제부터 나나세에게 이변이 생겼는지는 모른다.

만약 학교에 있었을 때부터 계속 상태가 안 좋았다면 오빠 실격이다.

●

"나나세, 괜찮아? 몸이 안 좋으면 감기약이나 체온계를 가져올게."

카스미가 돌아간 후, 바로 나나세의 방문을 노크하고 말을 걸었다.

정말로 지치기만 한 것이라면 쉬면 되지만 감기라면 그럴 수 없다.

말을 걸자 잠시 뒤에,

"괜찮아요. 정말 조금 지쳤을 뿐이니까 걱정하지 마세요."

"알았어. 난 내 방에 있으니까 무슨 일 있으면 바로 말해."

"고맙습니다……."

내 방에 돌아가기 전에 일단 부엌 찬장에 있는 체온계와 상비약을 확인했다.

체온계는 괜찮고, 감기약이랑 진통제, 위장약도 있다.

"마사키 군, 어디 아프니?"

뒤에서 걱정스럽게 말을 건 사람은 미사키 씨였다.

"아니요. 전 괜찮은데 클로에가 좀 피곤하다고 해서 방에서 쉬고 있어요."

"어머, 그렇구나."

"네, 그래서 혹시 모르니 약이 있나 확인하고 있었어요."

"이사하느라 지친 걸까?"

"저도 그렇지 않을까 싶어서 좀 걱정하고 있었어요."

갑자기 지인 정도인 반 친구랑 같이 살게 되면 이래저래 스트레스도 쌓여서 면역력이 떨어지지 않을까. 게다가 오늘 구기 대회로 평소 이상으로 체력도 써서 약해져 있을지도 모른다.

"나도 나중에 상태 보러 가볼게."

그렇게 말하고 한 번은 돌아선 미사키 씨가 한 걸음 내디뎠을 때 뭔가 떠올렸는지 한 번 더 돌아봤다.

"참, 내일 마사키 군 생일이지? 나는 외출할 예정이 있어서 오후까지는 없지만, 대신 저녁에는 맛있는 걸 해줄 테니 기대하렴. 그리고 케이크도 사 올 거고. 혹시 이름을 쓴 초콜릿 플레이트가 있는 게 좋니?"

"에이, 전 이제 생일을 축하할 나이도 아닌데요."

미사키 씨는 손가락으로 가위표를 만들고 웃으면서 안 된다고 말했다.

"생일 축하에 나이는 상관없어. 중요한 날은 축하해서 기억하는 법이야. 그래서 우리는 생일을 확실히 챙겨."

"감사합니다. 그럼 기대할게요. 그래도 케이크에 이름을 적은 초콜릿 플레이트는 사양할게요. 클로에에게 보여주기 민망하니."

"후훗, 그 말을 들으니까 오히려 해줬으면 좋겠다고 하는 것 같네."

아이 같고 장난스러운 웃음을 짓는 미사키 씨. 나나세가 가끔 나에게 보여주는 표정과 몹시 닮았다.

정말이지, 모녀가 나란히 날 놀리는군.

"강하게 부정한다고 해서 긍정하는 게 아니에요."

"그러면 초콜릿 플레이트를 어떻게 할지는 검토해 볼게."

"네, 잘 부탁드립니다."

방으로 돌아가 교과서와 문제집을 펼쳤다. 구기 대회가 있어도 주말 과제의 양은 평소대로다.

카스미한테 선물로 받은 블루레이를 보고 싶지만, 상영 시간이 3시간은 있으니 따로 시간을 내서 봐야 한다.

도중에 나나세의 방문을 노크하는 소리가 들리고 미사키 씨가 이야기하는 목소리가 들렸다. 나나세의 상태를 보러 왔을 것이다.

그 후, 저녁을 먹을 때 나나세의 상태는 좋아졌는지 평소와 다름없는 느낌이었다. 정말 약간 지쳤을 뿐이었을지도 모르겠다.

【막간 5】 나나세 클로에의 비망록 3

침대에 쓰러졌다.

현기증과 권태감이 몸을 덮쳤다.

호흡을 의식적으로 가다듬었다.

분명 혈압이 내려갔을 것이다. 이전에도 이런 증상이 생겼던 적이 있었다.

평소에도 혈압이 평균보다 더 낮으니까. 피로나 스트레스가 많아지면 이런 식으로 몸이 안 좋아지고는 한다.

오늘 구기 대회의 피로나 이사를 해서 환경이 변해 피로해진 탓도 있다고 생각한다.

하지만 계기가 된 건 내가 요츠모토 군의 생일을 잊어버리고 있었다는 걸 깨달은 것.

아니, 잊고 있던 게 아니다.

애초부터 알려고 하지 않았다.

상견례 날부터 오늘까지 그런 이야기를 할 기회는 있었을 텐데.

가족이라면, 남매라면, 요츠모토 군이 날 소중히 생각한다면, 나도……

결국 난 요츠모토 군을 소중히 생각하지 않는 것일지도 모른다.

카스미 양의 집에서 과자를 만든 날이 떠올랐다.

곧 완성돼서 요츠모토 군 일행을 부르러 가던 때였다.

현관을 나와 정원을 가로지르기 위해 징검다리 위를 지나 안채 옆에 있는 무도장으로 향했다. 무도장의 큰 창문이 열려있어서 안에 있는 요츠모토 군 일행이 이야기하는 소리가 들렸다.

"——아무튼 전 나나세를 소중히 대하고 싶어요."

안에는 요츠모토 군과 카스미 양의 할아버지인 겐류 할아버지밖에 없었을 것이다. 그 두 사람이 이야기하고 있는데 요츠모토 군이 날 소중히 대하고 싶다는 건 무슨 의미일까.

둘이 왜 그런 이야기를 하고 있는지는 몰라도, 얼굴이 화악 뜨거워져 가는 걸 알 수 있었다.

큰일이다. 지금 말을 걸면 우연이지만 엿들은 걸 들킬지도 모른다.

난 빨개진 얼굴이 약간 진정되길 기다렸다가 요츠모토 군 일행에게 말을 걸었다.

요츠모토 군의 다정함에 난 잘 보답하고 있을까?

카스미 양은 요츠모토 군의 생일을 기억하고 있었고, 이런저런 생각을 하고 그 선물을 골랐는데 난 아무것도 준비하지 않았다.

지금부터 준비하기에는 늦었는지도 모른다.

몸이 조금씩 따뜻해지기 시작해서 혈압이 돌아온 걸 알 수 있었다. 현기증은 이제 안 나고 권태감도 꽤 많이 없어졌다.

남아있는 건 죄책감뿐이다.

똑똑똑.

"클로에, 마사키 군한테 들었는데 몸은 괜찮아? 들어가도 돼?"

"응, 괜찮아. 들어와도 돼."

누워있으면 걱정을 끼칠 것 같아서 침대에 다시 앉았다.

어머니는 내가 항상 쓰는 머그컵에 우유를 많이 넣은 홍차를 타서 가져와 주셨다.

"안색은 괜찮은 것 같은데——."

머그컵을 책상 위에 두고 내 앞머리를 올리고 손을 댔다.

"열도 없는 것 같네. 이제 괜찮아?"

"응, 잠깐 혈압이 내려가기만 한 것 같아. 걱정 끼쳐서 미안해."

"역시 갑자기 환경이 바뀌어서 쉽게 피곤해지게 된 걸까. 내일은 휴일이니까 느긋하게 쉬는 게 좋지 않을까?"

컵을 건네준 어머니는 그대로 내 옆에 살짝 앉았다.

"하지만 나, 아직 아무것도 준비 못 해서……."

"준비라니, 무슨 준비?"

"내일 마사키 군의 생일인데 아무것도 준비하지 않아서…… 카스미 양은 잘 기억하고 마사키 군을 생각해서 선물을 준비했는데. 난, 가족인데 마사키 군의 생일이 언제인지 전혀 알려고 하지도 않고……."

어머니가 내 등을 부드럽게 쓰다듬자, 지금까지 참아왔던 것이 흘러넘쳐 눈물이 볼을 타고 흘렀다.

나는 잊고 있었으니까 살갑게 대하지 말았으면 한다.

"그렇구나. 엄마는 클로에한테 내일이 마사키 군의 생일이라고 말한 줄 알았어. 미안해."

"아니야, 내가 물어보면 될 일이었는데……."

"클로에는 마사키 군을 소중히 생각하고 있구나. 아직 생일 전인데 그렇게 이것저것 생각하고. 그러면 내일 같이 선물을 사러 가면 되겠네. 둘이 가게를 돌아보고 좋은 걸 찾는 것도 괜찮아."

"하지만 내일은 엄마랑 같이 나도——."

"괜찮아, 그건. 내일이 아니더라도 다른 날에 만나러 가면 돼. 그리고 분명 그 사람이라면 마사키 군이랑 같이 선물을 찾으러 가라고 말할 거야."

"……응, 알았어. 나중에 마사키 군한테 말해볼게."

끓여준 홍차에 입을 대니 우유와 홍차의 향이 퍼져 마음을 침착하게 해줬다.

"마사키 군을 부를 거면 얼굴을 씻고 시간이 조금 지난 뒤에 하는 게 좋을 거야. 지금 얼굴로 부르면 오히려 걱정할 테니까."

"알고 있어. ……고마워."

"처음부터 고맙다면 하면 되는데 솔직하지 않네."

그렇게 말하고 그대로 날 부드럽게 안아줬다.

이 타이밍에 안다니 치사하다.

【제6화】생일에 스테이크 먹는 게 뭐가 잘못됐어

저녁을 먹은 후, 일찍 목욕한 나는 마실 것을 준비하고 '엘프와 사무라이'를 감상할 준비를 했다. 사실 거실에 있는 큰 텔레비전으로 보고 싶지만 이 시간에는 아버지와 미사키 씨가 쓰고 있어서 내 방에 있는 게임용 모니터로 보기로 했다.

똑똑.

디스크가 들어있는 패키지를 열려고 한 타이밍에 누가 문을 노크했다.

"요츠모토 군, 잠깐 괜찮나요."

문 너머에서 들리는 나나세의 목소리는 긴장감을 띠고 있는 것처럼 들렸다.

바로 들어오라고 대답했다. 전에 나나세가 방에 온 뒤부터는 항상 누가 보면 좋지 않은 물건이 없도록 신경 쓰고 있으니 일일이 확인하지 않는다.

방에 들어온 나나세는 목욕을 마친 뒤라서 평소보다 요염했고 감도는 향만으로도 가슴이 철렁 내려앉았다.

게다가 연분홍색 잠옷은 가슴 부분이 낙낙해서 몸을 앞으로 구부리기라도 하면…… 나도 모르게 침을 꿀꺽 삼켰다.

아, 아무튼 시선을 내려서는 안 된다.

평소의 나나세를 생각하면 그런 자각이 없을 것이다.

"아까는 걱정 끼쳐서 미안해요."

방에 들어오자마자 머리를 꾸벅 숙이는 나나세.

너무 빠른 속공에 제때 방어하지 못하는 나.

"사, 사과할 것 없어. 이제 괜찮아?"

"네, 괜찮아요. 그래서, 그……."

시선을 돌린 나나세의 볼은 살짝 빨갛게 물들었고, 긴장한 목소리로 이어서 말했다.

"갑자기 이런 말을 하면 곤란하려나……."

나나세는 쭈뼛거리며 손가락을 빙빙 돌렸다.

어? 어어?! 자, 잠깐만.

목욕한 나나세가 일부러 내 방에 와서…… 그런 갑작스러운 전개가 있을 수 있나?!

아까 전의 속공은 전초전인가?!

당황하지 마라. 이런 때일수록 침착해라.

"무슨 일인데?"

"내, 내일 말인데요, 약속 있나요?"

몇 초 전의 나에게 말하고 싶다. 똑바로 참회하라고.

자신의 생일조차 잊어버린 녀석은 어지간히 바쁘거나 어지간히 멍청하게 살고 있거나인데, 난 후자다.

카스미는 생일이라고 신경 써줬는데 원래부터 예정은 없고 생일이라는 걸 알아차렸다고 해서 뭔가 하고 싶은 게 있는 것도 아니다. 미사키 씨의 진수성찬을 기대하면서 빈둥빈둥 지내는 정도일 것이다.

"딱히 아무 일정도 없어."

"그럼 쇼핑하러 가는데 같이 가줄래요?"

아, 쇼핑 짐꾼이구나.

미사키 씨가 진수성찬을 차린다고 했으니 백화점 지하에서 맛있는 고기 등을 사려는 모양이군. 그 정도는 별거 아니다. 이런 일은 그냥 직전에 불러도 되는데.

"알았어."

"참고로 요츠모토 군은 뭔가 갖고 싶은 게 있나요?"

"나? 역시 고기가 좋지. 특히 스테이크라던가."

"네? 고, 고기요?"

카스미네 집이라면 몰라도, 일반 가정에서는 스테이크는 쉽게 볼 수 없을 거다. 그러니 생일에 스테이크를 먹고 싶다고 생각하는 건 이상한 일이 아닐 것이다.

하지만 나나세는 당혹스러운 듯 보였다.

"……왜? 이상해?"

"생일 선물로 고기를 바랐다는 이야기는 그다지 못 들은 것 같아서요."

"생일 선물?!"

이게 무슨 소리지? 백화점 지하에 저녁거리를 사러 가는 게 아니었나?

"맞아요. 요츠모토 군의 생일 선물을 사러 갈 생각으로 부른 건데…….."

"아, 아아, 그렇구나. 난 저녁거리를 사러 가는 줄 알았 어…….."

"얼마나 먹보인 거예요. 그건 어머니가 준비할 거예요."

하긴, 메뉴 리퀘스트를 묻고 싶다면 미사키 씨가 직접 물어봤을 것이다.

일단 말해두겠는데 난 딱히 먹보 캐릭터가 아니다. 남고 생은 대체로 스테이크 좋아하잖아?

"미안, 내가 착각했어. 생일을 잘 챙기질 않으니 누군가 와 선물을 사러 간다는 생각을 못 했어."

"일단 리퀘스트는 어머니께 전해둘게요."

"그건 나나세의 가슴속에 묻어줬으면 하는데…….."

생일 선물로 고기를 원했다고 알려지면 미사키 씨 안에 서 내 캐릭터가 먹보로 확립되고 만다.

"그럼 고기는 제쳐두고, 그 외에 원하는 건 없나요."

갑자기 갖고 싶은 건 없냐는 질문을 받아도 좀 난감하 다. 일상생활에서 필요한 건 갖춰져 있고, 매달 용돈의 범 위 안에서 책이나 게임 같은 것도 사고 있다. 현재 나의 갖 고 싶은 것 리스트는 백지다.

"으~음, 바로 안 떠오르는데……. 혹시 내일은 나랑 나나세, 둘이 사러 가는 거야?"

"네. 아저씨는 저녁까지 일이 있고 어머니는 다른 볼일이 있으니까요. 저와 요츠모토 군이 사러 갑니다. 돈은 아저씨와 어머니에게 받았으니 괜찮아요."

돈을 걱정하는 건 아니다.

나나세와 둘이 번화가에 가는 것이다.

번화가에서 적당한 나이의 남녀가 함께 쇼핑한다는 건 흔히 말하는 데이트 아닌가.

잠깐, 나나세는 분명 그런 생각은 조금도 없을 거다. 내가 그런 말을 해봐야 나나세가 의식해서 분위기가 이상해질 뿐이다.

난 가능한 한 자연스럽게 평소와 똑같이 말했다.

"알았어. 선물은 뭐가 좋을지 생각해 둘게."

"부탁할게요. 저도 생각해 볼게요. 내일은 10시 반 정도에 출발하고 싶으니 잘 부탁드립니다."

나나세는 '그러면 잘 자요'라면서 손을 가볍게 흔들면서 방에서 나갔다.

문이 닫히고 나서 손을 머리에 얹고 무심코 벅벅 긁었다.

자 그럼, 감상은 미루고 내 생일 선물을 어떻게 할지 생각하자.

이대로 가면 목적 없이 방황할 가능성이 크다.

손에 있는 카스미의 선물을 보면서 '진짜 잘 생각했네'라고 중얼거리고 말았다.

●

침대에 누워 뭔가 적당한 게 없는지 스마트폰으로 찾다 보니 시간이 순식간에 지나갔다.

하지만 아직 이렇다 할 건 못 찾았다.

한 번 생각을 끊고 뭐라도 마시려고 부엌으로 가니 마침 미사키 씨가 포트에 물을 따르고 있었다.

"마사키 군도 홍차 마실래?"

"네. 마침 뭐라도 마시고 싶었는데, 잘됐네요."

"스트레이트? 아니면 우유 넣어?"

"우유 넣는 쪽으로 부탁드려요."

홍차가 다 되는 걸 식탁에 앉아 기다렸다.

"그, 생일 선물 고마워요. 내일 클로에랑 사러 가기로 했어요."

"고마울 거까지야. 우리는 생일을 확실히 챙기는 걸 선호할 뿐이야."

미사키 씨는 선반에서 컵을 꺼내 홍차 티백을 각자의 컵에 넣고 준비해 나갔다.

"저희는 반대로 생일을 별로 의식하지 않았거든요. 그래서 갑자기 선물을 고르려니 쉽지 않네요."

"정말? 내가 마사키 군 나이였을 때는 갖고 싶은 게 너무 많아서 문제였는데. 요즘 애들은 물욕이 없나?"

"글쎄요? 적어도 전 지금 있는 것으로 만족해요."

"그러면 뭔가 기념이 될 만한 것이라도 괜찮지 않을까."

"기념……."

계속 물욕을 자극하는 것을 찾고 있었는데, 전혀 다른 관점이었다.

알람 소리가 물이 끓은 것을 알렸고 컵에 뜨거운 물을 따르자 좋은 향이 퍼졌다. 티백을 빼내고 전자레인지로 데운 우유를 더한 홍차를 미사키 씨가 내가 있는 곳까지 가져다줬다.

"자, 마셔."

감사합니다, 라고 말하고 살짝 입을 댔다.

내가 만들 때는 차가운 우유를 그대로 넣어 버린다.

그러면 홍차의 온도가 내려가서 이렇게까지 맛있어지지 않는다.

"기념이라면 뭔가 좋은 걸 찾을 수 있을지도 몰라요. 좀 더 생각해 볼게요."

"그래, 둘이 좋은 걸 찾아와. 그리고 저녁도 기대해. 좋은 고기를 사 올 테니까."

콜록, 콜록!

미사키 씨의 말을 듣고 의도치 않게 홍차가 기도에 들어 갔다.

입단속을 했는데 스테이크를 먹고 싶다는 내 리퀘스트 가 유출된 모양이다.

"아, 저기, 그건 오해가 있어서요. 스테이크를 먹고 싶다 는 건 사실이지만……."

"괜찮아. 사양하지 않아도 돼. 소스는 어떤 종류가 좋 아? 양파? 와사비? 레몬?"

"양파로 부탁드립니다. 저기, 진짜로 생일 선물로 스테 이크를 받고 싶다고 한 건 착각이에요."

"후훗, 마사키 군, 생일 선물은 스테이크가 좋다고 했 어? 클로에한테는 마사키 군이 생일날 저녁으로 스테이크 를 먹고 싶다고 말했다고 밖에 못 들었는데."

우와, 완전한 자폭.

아아, 진짜, 쥐구멍이라도 있으면 들어가고 싶은 기분 이다.

더 이상 스테이크 이야기는 부끄러워서 버틸 수가 없다. 화제를 바꿔야 한다.

"그러고 보니 미사키 씨, 내일 외출은 멀리까지 가요?"

"아 거기? 가깝지만 먼 곳이라 할 수 있겠지."

아 그런 건가. 끄응, 평소에는 안 돌아가는 머리가 이럴 때만 왜 잘 돌아가는 건지. 이럴 때 말고 시험을 칠 때 더 열심히 돌아가 줬으면 좋겠다.

"혹시——."

미사키 씨는 저녁때와 마찬가지로 손가락으로 가위표를 만들고 우수를 띤 웃음을 지으며 말했다.

"마사키 군, 가끔은 모른 척하는 것도 어른의 소양이야."

【막간 6】 쥬몬지가오카 카스미의 혼잣말 2

컵에 든 물을 절반 정도 한 번에 마시자, 목욕을 마친 몸에 스며들어 퍼져갔다.

침대 옆 테이블에 컵을 두고 침대에 걸터앉았다.

사실은 구기 대회의 피로를 풀기 위해 천천히 목욕하고 싶지만 발을 다쳐서 몸을 너무 따뜻하게 하지 않도록 빨리 끝냈다.

보건 선생님도, 그 후에 간 병원의 선생님도 딱히 문제는 없는 것 같다고 이야기했다.

통증이 조금 있으니 파스를 붙이고 경과 관찰을 하는 중이다.

아마 며칠에서 일주일 정도 지나면 평소대로 돌아올 것이다.

즉, 경미한 부상이다. 마사키에게 그런 식으로 공주님처럼 안기지 않아도 될 일이었다는 뜻이다.

진짜 보건실에 도착할 때까지 다른 학생과 마주치지 않아서 다행이다. 만약 그 모습을 반 친구가 봤다면, 생각만 해도 얼굴이 뜨거워진다.

그리고 체육복이 축축해질 정도로 땀을 흘려서 그것도 걱정했는데. 그 녀석은 같이 검도하는 사이라 괜찮다는 말이나 하고.

진짜 섬세함이라는 게 없는 걸까.

하지만 그때 부끄러운 기분보다는 마사키가 부상을 알아차린 것에 안심과도 비슷한 기분이 날 감싸고 있었다.

처방받은 파스를 붙이고 다친 곳을 가볍게 문질렀다.

분명 마사키 외에는 아무도 내가 발을 다쳤다는 걸 알아차리지 못했을 것이다.

그렇게까지 아프지 않고 이 정도는 오기로 버티면 어떻게 된다는 마음으로 하프 타임에 머리를 다시 묶어 기합을 넣었는데, 그 동작으로 오히려 들키다니.

정말 잘 보고 있네.

오늘만의 이야기는 아니다. 마사키는 나를 포함해서 항상 주변을 잘 보고 있다. 아니, 관찰하고 있다고 하는 편이 더 정확할지도 모른다.

그 관찰력의 증거 중 하나가 모모타 선생님 성대모사이다. 그 독특한 억양이 있는 말투를 잘 파악하고 있다.

하지만 마사키의 관찰안은 원래부터 있던 게 아니다.

아마도 계기는 부모님의 이혼이었을 거다. 그 무렵부터 곧잘 주변 인물의 동향을 신경 썼으니까.

그렇게 주위를 계속 신경 써서 과다해진 정보를 처리하고자 쉬는 시간에 훌쩍 조용한 곳으로 가곤 한다.

웅~웅~.

진동 소리가 마사키한테서 새로 LINE이 온 것을 전했다.

'나나세의 상태는 이제 괜찮은 것 같아. 걱정 끼쳤네.'

학교에서는 건강해 보였는데 그때 갑자기 안색이 안 좋아져서 걱정했는데 괜찮다고 하니 다행이다.

클로에가 언제부터 몸 상태가 안 좋았는지 모르겠지만, 그때 마사키가 알아차렸다면 학교에서부터 그러진 않았을 것이다.

마사키가 바로 옆에 있는 클로에의 변화를 놓칠 리가 없다.

어라? 이 느낌은 뭘까.

속이 거북할 때나 과식했을 때와는 좀 달라. 하지만 뭐랄까, 가슴 언저리가 개운치 않은 듯한 이 느낌.

으~음, 몸이 지쳤는데 허기에 몸을 맡기고 저녁을 너무 많이 먹은 걸까.

컵에 있는 물을 한 모금 마셨다.

이 나이에 체한 거면 나 좀 위험할지도.

스마트폰의 시간을 보니 앞으로 몇 시간 후면 날짜가 바뀐다.

슬슬 0시에 딱 맞춰서 마사키에게 보낼 생일 축하 메시지라도 생각하자.

정말이지 그 선물도 그렇고 메시지도 그렇고, 이래저래 마사키 관련으로 생각할 게 많다.

【제7화】두 사람의 생일

"요츠모토 군, 준비는 다 했나요? 슬슬 출발할 거예요."

현관에서 나나세의 목소리가 울렸다.

준비에 시간이 조금 걸렸지만, 필요한 물건을 어깨에 메는 가방에 넣고 전신 거울로 복장을 한 번 확인했다.

뭐, 나쁘지 않다. 머리가 흐트러진 곳도 없으니 괜찮을 것이다.

뛰어서 현관으로 가니 나나세가 허리에 손을 대고 기다리고 있었다.

하얀 원피스에 하늘색 니트 베스트를 가볍게 맞춰서 입고 있었다. 니트 베스트는 옆에 있는 끈을 묶기만 하면 되는 느슨한 분위기가 나는 것이었다.

"미안. 준비하는 데 시간이 좀 걸렸어."

"시간이 걸린 것 치고는 단추가 안 잠겨 있어요."

스니커를 신고 일어서자 잠그는 걸 잊어버린 셔츠의 단추를 나나세가 잠가줬다.

당연히 우리 집의 좁은 현관에서 그런 짓을 하면 거리가 가까워진다.

나나세한테서 학교에 갈 때와는 다른 향이 어렴풋이 났다. 향수를 뿌린 걸까?

단추를 다 잠그고 고개를 들자 그녀의 얼굴이 시야에 들어왔다. 지금 보니 화장도 얇게 했다.

"제 얼굴에 뭐 묻었어요?"

이런. 시선이 마주쳤다.

같이 살고 있으면 잊어버리기 쉽지만 나나세는 고백하는 사람이 끊이지 않는 상당한 미소녀다.

처음엔 자기 집에 그런 나나세가 있는 게 부자연스럽기 짝이 없어서 불편했지만, 최근엔 그렇지도 않다. 그건 분명 학교에 있을 때와는 달리 집에서는 나나세가 나에게 친근하게 말을 걸어주기 때문일 것이다.

"오늘은 화장했구나 싶어서. 학교 가는 날에는 안 하잖아. 그래서 평소보다 좀 어른스럽다고 생각하고 있었어."

일단 넋 놓고 보고 있었던 것을 얼버무리고 싶었다. 아무리 가족이라도 빤히 쳐다보는 건 싫을 것이다.

"학교 가는 날에는 립 정도만 바르니까요. 그리고⋯⋯ 오늘은 평소보다 좀 더 꾸몄어요."

같은 구내라고는 해도 나도 역 앞의 번화가에 갈 때는 근처 편의점에 갈 때와는 다르다. 낡은 티셔츠와 반바지를 입고 백화점이나 패션 빌딩에 가는 건 주눅이 든다. 여자애라면 더더욱 그럴 것이다.

"응, 그 원피스랑 니트 베스트 조합 잘 어울리는 것 같아."

"고, 고맙습니다. 요츠모토 군도 그 감색 셔츠 멋져요."

일단 나도 오늘 입은 옷은 내가 가지고 있는 것 중에서 가장 좋아 보이는 것으로 골랐다.

"나나세랑 같이 외출하니까 나도 평소보다 좀 더 나은 모습으로 가야겠다 싶어서."

현관문을 열자 눈부셔서 한순간 앞이 안 보였다.

현관문을 손으로 잡은 채로 밖에 나와 뒤돌아보니 나나세는 아직 현관에 멍하니 서 있었다. 아직 눈이 부신 걸까.

"응? 왜 그래?"

"아뇨, 아무것도 아니에요. 자, 가죠."

아무것도 아니라고 하는 것 치고는 기뻐하며 집에서 나왔다.

우리 집에서 신주쿠역 동쪽 출구 주변 번화가까지는 도보로 20분 조금 넘게 걸린다. 지하철을 타면 한 정거장에서 두 정거장 거리인데, 지하철을 기다리는 시간 같은 것을 전부 생각하면 10분 차이도 안 나서 걸어가기로 했다.

계절이 좀 더 지나면 땡볕 아래에서 걷게 되니까 그때는 지하철을 타겠지만.

"요츠모토 군, 좀 더 빨리 걸어도 괜찮아요."

지름길이라 공원 안을 가로질러서 가고 있으니, 셔츠를 톡톡 잡아당기면서 나나세가 말했다.

"서두를 필요는 없는데? 시간이 늦은 것도 아니니까."

"그게 아니에요. 요츠모토 군은 혼자일 때는 더 빨리 걷잖아요."

"아, 그렇긴 하지."

"지금은 저에게 맞춰서 천천히 걷는 거잖아요? 그렇게까지 신경 안 써도 괜찮아요."

하지만 나와 나나세의 키 차이면 보폭이 상당히 다르다. 그리고 난 혼자일 때는 의식적으로 빨리 걸으니까 그 속도로 걸으면 나나세는 분명 급하게 걸어야만 할 것이다.

"그런 거 아니야. 누군가랑 같이 있으면 보통 상대한테 맞추잖아. 같은 상대라도 스니커일 때랑 힐일 때랑 걷는 속도도 다르고."

"그럼 절 아이 취급하고 있는 게 아니라는 거죠?"

"아이 취급? 난 지금까지 나나세를 아이 취급한 적은 없었는데……."

몸집이 작다고 해서 반 친구를 아이 취급하지 않고, 동생이라 해도 나보다 똑 부러지는 나나세를 아이 취급한 적은 없을 것이다.

"하지만 오늘은 화장해서 평소보다 어른스러운 분위기가 난다고 했잖아요."

나나세는 늘 보던 입을 살짝 삐죽 내민 표정을 지었다.

열심히 본 걸 얼버무리기 위해 한 말이 오해를 불렀다. 물론 얼버무리기 위해서라고는 해도 거짓말은 하지 않았다.

"그건 평소보다 더 예쁘다는 의미였다고 할까…… 아,

물론 평소에 예쁘지 않다는 뜻이——."

"됐어요! 이제 됐으니까. 더 이상 말하지 마세요!"

고개를 숙이면서 다시 내 셔츠를 잡아당기는 나나세.

그리고 잡고 있던 셔츠를 놓더니 고개를 들고,

"정말 요츠모토 군은 너무해요! 잘 들어요. 여자애한테 그렇게 쉽게 예쁘다고 하지 마세요. 다른 애한테 그런 말을 하면 착각해서 귀찮은 일에 휘말릴 거예요!"

"네. 조심하겠습니다……."

혼난 초등학생 같은 대답을 해버렸다.

그래도 그런 걱정은 필요 없을 거다. 어차피 내 주변에 여자애라고는 카스미 말곤 없으니까. 그리고 예쁘다는 칭찬만으로 상대의 호의를 살 수 있다면 헌팅하는 녀석들도 고생하진 않을 거다.

"걷는 속도를 맞춰줘서 고마워요. 그…… 아이 취급, 어린이 취급을 하고 있다면 그럴 필요 없다고 생각했을 뿐이에요."

"그럼 걱정할 필요 없어. 난 나나세를 아이 취급할 정도로 어른이 아니야."

나는 그렇게 말하고는 옆을 걷는 나나세를 힐끔 봤다.

역시 앳된 느낌은 없다. 화사하고 아름다운 여성이 있을 뿐이다.

●

  야스쿠니도오리에서 스에히로도오리에 들어서자 일
식·양식·중식, 동남아시아와 중동까지 전 세계의 요릿
집이 늘어서 있었다.

  이 주변은 토요일이나 일요일이라면 낮부터라도 술을
마시는 사람들로 북적이지만, 아무래도 아직 오전인 것도
있어서 어느 가게든 준비 중이었다. 어느 정도 줄이 생긴
곳은 스에히로테이* 정도인데, 그래도 점심 공연은 12시부
터이니 아직 시간이 꽤 있다.

  "여긴, 요세**인가요?"

  스에히로테이 앞에 세워져 있는 선명한 깃발에는 오늘
출연하는 라쿠고가(만담가)의 이름이 특징적인 폰트로 적혀
있었고, 나나세는 그 깃발들을 신기하다는 듯이 바라봤다.

  "맞아, 여긴 요세 스에히로테이야. 이곳 외에도 도쿄에
서 유명한 곳은 아사쿠사 연예홀, 이케부쿠로 연예장, 우
에노 히로코우지테이 등이 있지."

  "잘 아네요. 요츠모토 군은 라쿠고(만담)를 좋아하나요?"

  "좋아한다기보다는 겐류 할아버지가 젊을 때 다양한 것
을 접하는 게 좋다면서 카스미랑 같이 나도 데리고 가줬
어. 그 외에도 박물관이나 연극도."

  그 덕분에 편부모 가정의 외로움은 그리 크게 느끼지 않

---

*신주쿠에 있는 라쿠고 공연장.

**코단, 라쿠고, 로쿄쿠, 만자이 등의 전통 공연을 하는 공연장을 일컫는 명칭.

았다.

겐류 할아버지와는 가족도 친구도 선생님도 아닌 신기한 사이인데, 이 관계성이 절묘해서 그런지 아버지에게 들어도 와닿지 않는 말도 겐류 할아버지를 통해 들으면 묘하게 납득되곤 한다.

"그래서 연극도 좋아하는군요."

"그렇지. 뭐 전부 겐류 할아버지의 영향이지만."

"요츠모토 군이 좋아하는 극단은 어떤 연극을 하나요?"

"음~, 폭넓은데…… 최근엔 역사물에 가부키 요소가 들어가 있는데."

"가부키 요소라면 이런 느낌?"

목을 돌리면서 눈을 모으고 포즈를 취하는 나나세.

아마 작년부터 같은 반인 친구들 누구도 본 적 없는 귀중한 장면을 봤을 것이다.

"그거, 가부키의 미에*?"

"맞아요. '요오~'라는 느낌으로 하는 거죠?"

"난 그쪽 가부키는 잘 몰라. 가부키 요소는 여러 가지가 있는데…… 일단 다음에 같이 DVD 보자. 그게 빠를 것 같아.

7·5조 대사로 등장인물이 자기 이름을 대는 신 같은 걸 좋아하지만, 직접 재현할 용기는 없다.

"어라? 혹시 제가 엄청 이상한 말을 했나요?"

"아니, 괜찮아. 미에도 가부키의 묘미지만……."

---

*가부키의 연기 중 하나. 이야기에서 중요한 장면이나 역할의 감정이 고조됐을 때 연기자가 움직임을 멈추고 포즈를 취해 관객의 주목을 끄는 연기.

당연히 길거리에서 갑자기 미에를 선보일 용기도 없다.

"자, 잠깐만요, 이 분위기, 전혀 괜찮지 않은 거죠?"

내 등을 투닥투닥 때리는 나나세는 SD 캐릭터 같아서 귀여움 덩어리 그 자체였다.

"나나세, 아프지는 않지만, 길거리에서 그렇게 하면 아무래도 부끄러워……."

"아, 죄, 죄송합니다……."

페이드아웃하는 나나세의 목소리. 뒤에 있어서 안 보이지만 분명 얼굴을 빨갛게 물들이고 있을 것이다.

우리 같은 경우에는 설령 '오빠' '동생'이라 프린트된 옷을 입고 있어도 남매로 보이지 않을 거다. 아마 커플이 꽁냥대는 것으로 보이겠지.

"분명 극단 울트라 익스프레스의 재미가 적혀있는 사이트가 있을 거야. 나중에 찾아볼게."

점심을 먹을 때라도 찾아볼까.

그런 생각을 하면서 다시 걸어가려고 했을 때, 나나세가 내 등에 머리를 톡 대고 입을 열었다.

"하지만 그런 설명뿐만 아니라 DVD도 빨리 같이 보고 싶어요. 가족이나 형제는 같은 영화를 보거나 책을 읽거나 해서 그 작품뿐만 아니라 그때의 추억도 같이 공유할 수 있잖아요. 요츠모토 군과는 아직 그런 게 별로 없어서 늘려가고 싶어요."

"……그러면 오늘 밤에 볼까?"

"약속이에요. 만약 약속을 깨면 카스미 양한테 저의 기대했던 마음을 가지고 놀았다고 말할 거예요."

"그건 진짜 하지 마. 모모타 선생님한테 혼나는 것보다 10배는 무서우니까."

아무래도 나나세는 나와 카스미의 역학 관계를 이미 파악하고 있는 것 같다.

●

히로스에도오리를 빠져나오면 신주쿠도오리로 나온다. 목적지인 가게는 이 근처에 있는 패션 빌딩 안에 있다.

"생일 선물은 이 가게의 스마트폰 케이스가 좋은 거죠?"

"맞아, 어제 이것저것 생각했는데, 그게 좋겠다고 생각해서."

어젯밤에 미사키 씨와 이야기한 후에 더 생각해서 이 결론에 다다랐다.

이 가게의 스마트폰 케이스는 캐릭터나 브랜드의 콜라보 제품이나 색과 디자인을 자기 취향대로 커스터마이즈하는 제품이 있다. 인터넷으로도 주문할 수 있지만 역시 매일 손으로 만지는 것이니까 감촉을 확인하고 싶었다.

가게는 멀리서도 눈에 띄는 선명한 파란 벽과 천장, 상

품이 진열된 선반과 책상은 흰색을 기조로 만들어져 있어서 나 혼자서는 이 자리에 어울리지 않는다는 느낌이 들었다.

"콜라보 종류가 많네요."

나나세는 캐릭터 콜라보 선반 앞에서 상품을 열심히 봤다.

캐릭터 콜라보 상품은 세계에서 가장 유명한 쥐뿐만 아니라 2등신 바나나 같은 캐릭터, 인기가 아주 많은 소년 만화의 캐릭터, 몸무게가 사과 세 개 무게인 고양이, 미국 만화 캐릭터까지 폭넓게 있었다.

"그렇네. 그래도 오늘은 캐릭터 콜라보 말고 커스텀하는 타입으로 할 생각이야."

"네? 괜찮나요?"

뭔가 무서운 것이라도 본 것처럼 입가를 손으로 가린 나나세가 날 봤다.

"괜찮겠지. 기본 케이스를 정하면 저기 있는 태블릿으로 디자인을 정하기만 하면 되니까. 어려운 조작은 없을 건데."

뭘 그렇게 겁내는 걸까.

"그게 아니라. 요츠모토 군이 디자인이랑 색을 정하는 것 말이에요."

"아, 그러니까 내 센스가 위험하다고?"

"으으, 그, 그렇다는 말까지는 안 하겠지만……."

나나세는 말실수했다는 듯이 안절부절못하며 손을 작게

흔들었다.

나에게 이런 쪽의 재능은 없다. 사실 오늘 입은 옷도 카스미의 센스다.

그렇다면 왜 일부러 커스텀하는 타입으로 하고자 했냐 하면,

"나나세의 말대로야. 난 이런 걸 만드는 센스가 별로 안 좋으니까 같이 골라줬으면 좋겠어."

"네?"

"고르는 걸 나나세도 도와주면 좋겠다고."

내 말을 머릿속에서 번역하고 있는 듯한 표정을 짓고 몇 초 후…… 어째 이해했는지 안도의 빛이 퍼졌다.

"화나지 않은 걸로 이해하면 되죠?"

"물론이지. 나도 내가 센스 없는 건 잘 아는걸. 이런 걸로 화내거나 하지 않아."

"……그러면 아까 '내 센스가 위험하냐'고 물어본 건요?"

난 한쪽 눈썹만 올리고 씨익 웃은 뒤에 말했다.

"그냥 평범한 반문."

"으으으, 일부러 그랬군요! 일부러 신경에 거슬린 것처럼 말을……!"

"후후, 항상 나나세한테 당하기만 하니까 가끔은 갚아줘야지."

"제가 언제 그런 심한 짓을 했다는 거죠?"

입을 삐죽 내밀고 주먹을 휘둘렀다.

"그건 나나세가 가슴에 손을 얹고 잘 생각——크억!"

내가 내 가슴에 손을 얹는 제스처를 취하자, 빈틈을 찾았다는 듯이 나나세의 찌르기가 작렬했다.

"요츠모토 군, 저한테 이래도 괜찮겠어요? 이제부터 저랑 같이 디자인을 정하는데? 괴멸적인 센스로 유도할 거예요?"

"어쩌면 괴멸적 센스와 괴멸적 센스가 만나서 예술적인 결과물이 될지도 모르지. 난 나나세가 어떻게 해도 결국 좋은 추억이 된다고 생각해."

"정말, 역시 요츠모토 군은 너무해요."

나나세는 코로 작게 한숨을 쉰 후에 이어서 말했다.

"그럼 시작하죠. 베이스는 어떤 걸로 할래요?"

"베이스는 이 강화 케이스로 할 거야."

"이 케이스의 베이스 컬러는 네 종류네요……."

우리는 가게에 놓인 태블릿으로 디자인, 배색, 그리고 텍스트의 글꼴과 색을 정했다.

"이런 느낌으로 어떨까요?"

"응, 괜찮은 것 같아."

커버의 무늬는 체커 플래그이고, 하얀 부분이 오렌지색에서 파란색으로 그러데이션을 이룬다. 저물녘의 하늘을 연상케 하는 아름다운 색은 두 사람의 의견이 일치하여 정

한 색이다. 그리고 텍스트는 내 이름을 하얀색 필기체로
입력했다.

"그럼 이렇게 주문하죠."

태블릿 화면의 '카트에 넣기'를 터치한 후 난 용기를 조
금 쥐어짰다.

"그, 나나세. 만약에 괜찮으면 하나 더 안 만들래? 나나
세 걸로."

"네? 저도요?"

역시 싫어하려나?

어젯밤 기념품은 어떠냐는 미사키 씨의 조언에 따라 이
가게의 스마트폰 케이스를 고르면서 생각했던 일이다. 나
나세도 함께 만들면 좋겠다고.

오늘 아침에 미사키 씨에게 그 이야기를 하니 선물 예산
을 어떤 식을 쓸지는 내 자유니 하고 싶은 대로 하라고 하
셨다.

"딱히 똑같을 필요는 없어. 나나세가 괜찮다고 생각하는
걸 골라도 돼."

뭔가 필사적으로 말하는 것 같아서 엄청 멋없다.

아무리 가족이라고 해도 갑자기 이런 이야기를 하면 불
쾌한가…….

"하지만 오늘은 요츠모토 군의 생일이라 돈을 받은 건데
요? 그러면 미안해요."

"그건 괜찮아. 오늘 아침에 미사키 씨한테 선물 예산을 이런 식으로 써도 되냐고 물어봤으니까."

"그래서 엄마가 그런 말을……. 오늘 아침에 만약 요츠모토 군한테 선물을 나눠 받을 일이 있으면 기꺼이 받으라는 말을 들었어요."

마음속으로 미사키 씨의 도움에 감사했다.

"그래, 선물을 나눠주는 거니까."

"알았어요. 그럼 고맙게 받을게요."

나나세는 그렇게 말하고 태블릿을 조작해 커스텀 케이스를 고르더니 망설임 없이 디자인을 정해 나갔다. 나와 같은 디자인이었다. 다른 점은 분홍색으로 입력된 Chloe 라는 글자뿐이었다.

"어, 괜찮아? 같은 디자인으로 해도?"

"네, 여기에 오는 길에 얘기했잖아요. 작품과 함께 추억도 공유하고 싶다고. 같은 걸로 하면 오늘의 추억을 공유할 수 있잖아요."

그건 그렇지만, 이러면 커플 아이템이 되는데…….

난 나나세가 더 예쁜 디자인을 고를 줄 알았다. 사실 같이 쇼핑 나온 날을 기념하자는 의도였는데, 커플 스마트폰 케이스가 될 줄은 예상하지 못했다.

"하지만 이러면 학교에서 다들 알아차리지 않을까?"

"괜찮지 않을까요. 이 가게의 상품은 인기가 많아서 저희 외에도 쓰는 사람이 있으니까요."

으음, 하긴. 내 스마트폰 케이스 같은 걸 신경 쓸 녀석은 없을 테니까 괜찮은가.

"그도 그렇네. 그럼 그것도 주문하자."

난 나나세가 '주문 확정'을 누르는 걸 확인하고 계산대로 향했다.

점원분의 말로는 1시간 정도면 완성된다고 한다.

그때까지 다른 가게를 구경하거나 점심을 먹거나 하면 되나.

●

"제 것까지 사줘서 고마워요."

계산을 끝내고 가게에서 나오자 감사 인사를 하는 나나세.

오히려 나의 갑작스러운 제안에 응해줬으니 내가 고맙다고 하고 싶다.

그리고 집에 가면 미사키 씨한테 한 번 더 고맙다고 해야겠다.

"그렇게 딱딱하게 감사 인사 같은 건 안 해도 돼. 그보다 이제 어떡할래? 나나세는 가고 싶은 가게 있어?"

"음, 요츠모토 군이랑 같이 미리 조사하고 싶은 게 있어요."

"무슨 조사?"

"그, 곧 아버지의 날이잖아요. 아저씨에게 아버지의 날 선물로 뭐가 좋을지 미리 봐두고 싶어요."

나나세는 그런 것도 잊어버리고 있었냐고 말하듯이 검지를 세우고 좌우로 흔들었다.

자기 생일조차 무관심한 녀석에게 아버지의 날을 기억하고 있냐고 묻는 건 어리석은 짓이다.

"아버지의 날에는 뭘 선물하는 게 보통이지? 카네이션 같은 거면 되나?"

"꽃을 선물한다면 아버지의 날에는 노란 장미일까요. 하지만 꽃보다는 뭔가 실용적인 선물을 하는 게 좋지 않을까 싶어요."

아버지에게 노란 장미가 어울릴까. 물론 어울리느냐 어울리지 않느냐의 문제가 아니라는 건 알고 있지만, 아버지는 노란 장미보다 캔맥주를 들고 있는 게 더 잘 어울린다.

"그렇네. 아빠한테는 실용적인 게 좋을 것 같아. 참고로 나나세는 어머니의 날에 뭐 했어?"

"올해 어머니의 날에는 카네이션과 입욕제를 선물했어요."

나나세가 스마트폰으로 보여준 사진에는 새빨간 카네이션과 파스텔 색조의 공 모양 입욕제, 소위 배스밤이 찍혀 있었다.

미사키 씨가 생일은 신경 써서 챙긴다고 했는데, 생일뿐만 아니라 다른 행사도 챙기는 것 같다.

"착실하네. 난 아버지의 날에 딱히 해드린 게 없어. 나나세가 선물을 주면 분명 아빠는 울 거야."

"저만 주는 게 아니라 요츠모토 군도 같이 주는 거예요."

"선물 살 돈은 나도 내겠지만, 이런 건 나나세가 주는 편이——."

"안 돼요. 꼭 둘이 같이 항상 고맙다고 전해야 해요!"

싸늘한 눈으로 못을 박듯이 말했다. 도망칠 수 없을 것 같다.

딱히 한창 반항기인 건 아니지만 아버지에게 '항상 고맙다'고 말하는 건 부끄럽다고 해야 할까, 낯간지럽다.

물론 감사하는 마음이 없는 건 아니지만.

"알았어. 그러면 우선 백화점 특설회장에 가볼까?"

"좋네요. 그런 곳이 더 찾기 쉬울 것 같아요."

패션 빌딩에서 나와 길 건너편에 있는 백화점으로 향했다. 이럴 때 여러 가게가 모여 있는 역 앞은 편리하다.

아버지에게 선물하는 건 괜찮지만, 미사키 씨가 조금 신경 쓰였다.

올해 어머니의 날은 나나세와 미사키 씨가 이사 오기 조금 전이라서 어머니의 날에 미사키 씨에게 아무것도 해주지 못했다. 근데 아버지의 날에는 우리가 아버지에게만 선물을 주는 건 괜찮을까.

"있잖아, 이참에 미사키 씨한테도 항상 고맙다고 전하고 싶은데, 어떨까?"

날 올려다보는 나나세의 얼굴이 확 밝아졌고,

"분명 어머니도 좋아할 거예요!"

"그렇겠지? 그냥 넘기면 내년까지 기회가 없으니까."

"의외네요. 요츠모토 군은 기념일 같은 건 잘 못 챙기는 줄 알았어요."

"딱히 잘 못 챙기는 게 아니라, 아빠한테 그러는 건 좀 부끄럽다 해야 할까……."

"우후후, 몸이 큰 요츠모토 군이 그렇게 부끄러워하는 모습은 재밌어요."

"놀리지 마. 미사키 씨한테도 같이 고맙다고 전하면 아빠한테만 말하는 것보다 부끄러운 게 덜한 것도 있으니까."

"괜찮아요. 그렇게 부끄러운 걸 숨기지 않아도."

나나세는 재밌는 장난감이라도 찾은 것처럼 날 팔꿈치로 찌르면서 놀렸다.

날 놀릴 구실을 찾은 게 기뻤는지 평소보다 기분 좋게 횡단보도를 건너갔다.

●

결론부터 말하자면 아버지의 날에 드릴 선물과 미사키 씨에게 드릴 선물이 정해졌다.

다만 우리가 미리 조사한 백화점은 역시 고등학생의 지갑 사정을 생각하면 어려움이 있어서 그 부분은 좀 더 검토하기로 했다.

"당연하지만 백화점은 고급품이 많네요."

"그래도 한 번에 다양한 걸 볼 수 있어서 비교하기엔 좋았어."

백화점에서 조사를 끝낼 무렵, 자신의 배에서 난 소리에 깜짝 놀라 시간을 확인하니 점심시간이 꽤 지나 있었다.

둘이 같이 있으면 시간 감각이 평소랑 다르구나.

"오늘은 생일인데 점심은 라멘으로 괜찮아요?"

"어어, 저녁에 미사키 씨가 맛있는 걸 만들어 준다고 했으니까 점심은 이 정도가 좋아."

우린 점심시간이 지나도 줄이 끊이지 않는 라멘집의 줄에 서 있었다.

나나세가 점심은 어떻게 할 거냐고 물어봤을 때 라멘이 좋다고 했더니 깜짝 놀란 표정을 지었다.

만약 이게 데이트였다면 좀 더 허세를 부렸을지도 모른다.

하지만 오늘은 데이트가 아니라 오빠와 동생 둘이 오빠의 생일 선물을 사러 왔을 뿐이다. 여기서 이상하게 데이트 같은 분위기를 내면 안 된다.

"사실 저, 라멘 가게는 처음이에요. 중화요리 가게에서 라멘을 먹은 적은 있지만."

"혹시 라멘 잘 못 먹어?"

그 가능성은 생각하지 못했다. 당연하지만 이 가게는 중화요리 가게가 아니라서 국물의 종류는 몇 가지인가 있지만 메뉴에 탕수육이나 마파두부는 없다.

"그렇진 않아요. 그래도 야채가 산처럼 쌓여있는 라멘은 아무래도 다 못 먹지 않을까 싶어요."

"그럼 괜찮아. 이 집의 추천 메뉴는 깔끔한 시오라멘이니까 먹기 쉬울 거야."

"전 깔끔한 걸 좋아하니까 기대돼요."

일단 라멘을 좋아해서 다행이다.

나나세랑 같이 있으니까 깔끔한 라멘을 고르는 게 안전할 것이라는 생각은 정답이었군.

가게 회전이 빨라서 아버지와 미사키 씨에게 줄 선물에 관해 이야기하고 있으니 순식간에 발권기 앞까지 순서가 돌아왔다. 발권기에 표시된 라멘 메뉴는 주로 네 개인데 시오라멘, 쇼유라멘, 토리파이탄라멘, 츠케멘이다.

"역시 지금은 요츠모토 군이 추천한 시오라멘으로 할까 해요."

"쇼유를 좋아하면 그것도 괜찮다고 생각하는데. 쇼유도 깔끔하니까."

"괜찮아요. 오늘은 이미 시오라멘 기분이에요."

나나세는 그렇게 말하고 발권기의 시오라멘 버튼을 눌렀다.

나나세는 의외로 완강한 면이 있다고 생각하면서 난 토핑이 잔뜩 올라간 특제 시오라멘 버튼을 눌렀다.

점원에게 식권을 주고 안내받은 카운터석에 나란히 앉았을 때 나나세가 날 봤다.

"요츠모토 군이 추천한다는 건 요츠모토 군이 좋아하는 맛이라는 뜻이잖아요. 그래서 먹어보고 싶어요."

"말해두겠는데 난 음식의 맛에 정통한 사람도 미식가도 아니야."

"정말, 그런 점이 문제라고요. 그런 점이."

어떤 점이냐고. 변함없이 불합리한 지적을 받았다.

뭐라 대답하면 좋을지 알 수 없었던 나는 직접 가져온 찬물 한 잔을 나나세에게 건넸다.

"고맙습니다. 그런데 점심을 먹은 후에는 어떡하죠?"

"우선 스마트폰 케이스를 찾고, 한 군데 더 가고 싶은 곳이 있어."

"어딘데요?"

"그건…… 나중에 말할게."

나올 뻔한 말을 찬물로 넘기고 빈 컵에 다시 찬물을 부었을 때 주문한 라멘이 나왔다.

이건 여담이지만 손으로 머리카락을 귀에 걸치고 후~ 후~ 식히면서 라멘을 먹는 나나세의 모습은 묘하게 요염하게 느껴졌다는 건 여기서만 이야기하는 비밀로 해두겠다. 라멘을 먹는 것만으로도 그런 파괴력이 나오는 건 진짜 반칙이다.

●

라멘 가게에서 점심 식사를 마친 우리는 완성된 스마트폰 케이스를 받으러 가게로 돌아갔다.

"시안보다 잘 나왔네요."

"그렇네. 발색도 좋고, 쥐어봐도 위화감이 없어."

완성된 스마트폰 케이스를 받아서 만듦새를 확인했다.

이럴 때는 이러니저러니 해도 기분이 들뜬다.

그래도 자신의 케이스와 나나세의 케이스를 보면 역시 짝을 맞췄다는 느낌은 부정할 수 없었다.

학교에서 안 들키면 좋겠다.

"그럼 다음은 요츠모토 군이 가고 싶은 곳이군요."

가게에서 나왔을 때 나나세는 내 진행 방향을 막듯이 서서 다음 목적지를 물었다.

"음, 그런데 사실 나도 자세한 장소는 몰라."

"스마트폰으로 검색하면 바로 알 수 있잖아요."

나나세는 어깨에 메는 가방에서 스마트폰을 꺼냈다.

"아니, 검색해도 안 나오는 곳이야."

"검색해도 안 나오는 곳이라니, 대체 어디에 가려는 거예요?"

"오늘…… 생일인 사람이 한 명 더 있잖아. 그 사람이 있는 곳."

내 말에 허를 찔린 나나세의 표정이 굳는 게 보였다.

"아버지 말인가요……. 그걸 어떻게?"

"어제 미사키 씨한테 우연히 들었어. 오늘이 돌아가신 아버지의 생신이라고. 그래서 미사키 씨가 오전부터 성묘하러 간 것도."

우연히 들었다고 말했지만, 사실은 미사키 씨에게 말하지 않는 것도 어른의 소양이라는 말을 들은 후에 아직 아이니까 가르쳐달라고 억지를 부려서 들었다.

우리 가족과는 달리 나나세의 가족은 아버지가 돌아가셨다는 건 아버지에게 들었다. 하지만 그 돌아가신 아버지의 생신이 나와 같다는 걸 알았을 때는 놀랐다.

"하지만 갑자기 간다고 해도, 성묘 준비도 안 했는데요?"

"괜찮아. 향이랑 라이터는 미리 챙겼어."

오늘 아침에 준비에 시간이 걸린 건 이 성묘 세트를 찾느라 그래서였다.

가방을 열어 안에 들어 있는 그 세트를 나나세에게 보여줬다.

"괜찮나요? 모처럼 생일인데 제 아버지의 묘에 성묘하러 가도?"

"그래, 미사키 씨가 말했어. 중요한 날은 축하하지 않으면 잊어버리는 법이라고. 그리고 우리는 생일은 확실히 챙긴다고 했으니까, 나뿐만 아니라 나나세의 아버지도 축하해야 한다고 생각해."

나나세는 한 번 눈을 감고, 잠시 숨을 고르고 입을 열었다.

"알았어요. 그럼 가죠. 여기서라면 지하철을 이용하면 30분 정도면 도착할 거예요."

지하철역에는 스마트폰 케이스를 산 가게가 있는 빌딩에서 직접 갈 수 있었다.

둘이 나란히 걷고 있을 뿐인데 아까 전까지와는 약간 분위기가 달라져 긴장감이 느껴졌다.

나나세의 아버지와 면식이 없는 내가 성묘하러 가자고 한 건 주제넘은 짓이었을까.

개찰구를 빠져나와 계단을 내려가 플랫폼에 도착하니 마침 전철이 가버린 타이밍이었다.

스크린도어 앞에서 나란히 기다리고 있으니 나나세가 내 옷을 톡톡 잡아당기면서 불안해 보이는 표정으로 물었다.

"저, 어머니께는 어디까지 들었나요?"

"아까 말한 게 전부야. 오늘이 나나세의 아버지의 생일인 거랑 미사키 씨가 성묘하러 간다는 것 정도."

"그런가요……. 어제 일로 이야기하고 싶은 게 좀 있는데, 괜찮을까요?"

"어제 일?"

"네. 어제 몸 상태가 안 좋아진 것에 대해서예요. 아마그건 지치기만 한 게 아니라 오늘이 요츠모토 군의 생일이라는 걸 알아차리지 못해서, 어떻게 하면 좋을지 알 수 없어서 그렇게 된 거라 생각해요."

내 생일을 못 알아차려서 몸이 안 좋아졌다는 건 무슨말일까.

애초에 나나세에게 내 생일이 언제라는 이야기를 한 적이 없다.

"난 딱히 나나세가 내 생일을 몰랐어도 신경 안 쓰는데. 그리고 어떻게 하면 좋을지 알 수 없게 됐다는 건 무슨 뜻이야?"

"그건, 카스미 양과는 달리 전 요츠모토 군에게 줄 선물을 아무것도 준비하지 않았고 뭐가 좋을지 생각하지도 않았어요. 하지만 카스미 양이 선물을 가져온 걸 보고 오늘이 생일이라는 걸 알았고, 그때는 아무것도 할 수 없어서 요츠모토 군에게 미안하다고 생각했어요."

"그래서 마음이 안 좋아져서 안색도 안 좋아진 건가?"

"그렇다고 생각해요."

경쾌한 음악에 이어서 곧 전철이 도착하는 것을 알리는 안내 방송이 플랫폼에 울렸다.

"그래도 나나세는 이렇게 귀중한 휴일에 일부러 같이 나와서 선물을 고르는 걸 도와줬잖아. 그것도 나한테는 충분하고도 남을 정도로 기쁜 일인데."

"그건 어머니가 선물을 아직 못 골랐으면 같이 사러 가는 게 어떠냐고 말해서——."

"미사키 씨한테 그런 말을 들었어도 갈지 말지를 정한 건 나나세잖아. 그리고 오늘은 원래 미사키 씨랑 같이 성묘하러 갈 예정이었고."

"……맞아요."

고개를 숙인 채로 작게 대답하는 나나세.

그렇다면 더더욱 내 생일보다 아버지의 생일이 머릿속을 차지하는 게 당연하다.

다가오는 전철의 전조등이 역 플랫폼을 비췄다.

"그럼 더더욱 가야지. 나나세의 아버지한테 소중한 딸을 농락한 녀석이라고 혼날 것 같아."

"농락하다뇨. 요츠모토 군은——."

나나세의 말은 전철의 경적에 날아가 버려 도중부터 전혀 못 들었다.

다만 말을 끝낸 후에는 아까보다 시선이 약간 아래로 내

려가고 볼이 희미하게 빨갛게 물들어 있는 것 같은 느낌이
들었다.

●

묘원에서 가장 가까운 역에서 내려 근처 슈퍼에서 공물
로 쓸 과자를 샀다. 꽃은 이미 미사키 씨가 올렸을 것 같아
서 사지 않았다.

전철에 타고 있을 때 나나세에게 역 플랫폼에서 뭐라고
말했는지 물어보니 '그런 말은 한 번만 해요'라는 말을 듣
고 말았다.

반걸음 앞에서 걷는 나나세에게 이끌려 주택가를 빠져
나와 묘원에 도착했다. 도쿄의 묘원에는 처음 왔는데, 넓
이에 놀랐다. 이렇게나 넓으면 목적지를 찾는 것도 쉽지
않을 것 같다.

"여기네요."

나나세가 멈춰 선 곳에 깨끗하게 청소되고 새 꽃을 공양
한 묘가 있었다.

"역시 미사키 씨가 깨끗하게 하고 있구나."

"여기까지 와서 말하기 뭐하지만, 모처럼의 생일인데 정
말 괜찮나요? 저한테 그렇게까지 신경 쓰지 않아도 괜찮
아요."

"나나세는 이사를 보고해야 할 거고, 난 새로 나나세의 의붓오빠가 되었다고 인사해야 하니까."

방금 산 과자를 공양하고 향에 불을 붙였다.

아버지와 성묘하러 갈 때는 항상 아버지가 향에 불을 붙여서 내가 불을 붙이는 건 처음이다. 근데 이게 생각보다 어렵다.

"어떻게든 전체에 불이 퍼졌네."

"요츠모토 군은 의외로 서투른 면이 있네요."

"난 원래 그렇게 요령이 좋지 않아. 이것도 오늘 처음 해 본 거고."

"자, 든 채로 얘기하면 재가 손에 떨어져요."

나나세에게 지적받아서 빠르게 향로에 올리고 둘이 나란히 눈을 감고 합장했다.

마음속으로 자신의 이름을 대고 나나세의 의붓오빠가 된 일 등을 이야기했다.

"아빠, 이번에 저한테 이렇게 큰 오빠가 생겼어요."

눈을 가늘게 뜨고 옆을 보니 나나세가 손을 모은 채로 아버지에게 나지막이 말하고 있었다.

나나세가 처음으로 오빠라 불러서 조금 부끄러웠지만 꾹 참았다.

"오빠는 착하고 저를 신경 써주는 정말 좋은 사람이에요. 하지만 가끔 갑자기 프러포즈 같은 말을 해서 절 놀라

게 해요."

전반은 칭찬이 과하다고 생각했는데 후반은 나나세의 아버지가 들으면 분명 화낼 내용이잖아.

다시 실눈을 뜨고 묘비 쪽을 봤다. 아까 전과는 달리 꺼림칙한 뭔가가 나와 있는 것 같은 느낌이 들었다.

참고로 나에게는 지금까지 살면서 영감 같은 것이 있었던 적은 없다.

"그리고 오빠는 좀 더 식생활을 신경 쓰는 편이 좋을 것 같아요. 고기를 많이 먹고 채소를 적게 먹어요."

"그거, 나한테 설교하는 거지?"

끝날 때까지 가만히 있으려고 했는데 말이 나와 버렸다.

손을 내리고 눈을 뜨고 나를 본 나나세는 지극히 진지한 표정으로 묘비를 가리켰다.

"요츠모토 군이 젊은 나이에 이렇게 되면 안 되니까요."

"돌아가신 분한테 손가락질하지 마. 앞으로 조금은 주의할 테니까."

"부탁할게요. 요츠모토 군까지 없어지는 건 싫어요."

"아니, 그럴 일은——."

"몰라요. 그런 건 아무도 몰라요."

나나세는 날 딱 노려보며 옷자락을 잡았다.

"……그렇구나. 미안."

"아버지는 갑자기 천국으로 가버려서 몇 번을 여기에 와도, 어딘가에 출장을 간 것이라서 금방 휙 돌아오지 않을까 하는 느낌이 들어 슬픈 기분은 안 들었어요. 하지만 어머니가 재혼하고, 아버지는 정말로 돌아오지 않는다는 생각이 들었어요. 그래서…… 그래서 전 이제야 겨우 아버지의 죽음을 받아들일 수 있을 것 같아요."

난 눈시울을 적시는 그녀의 어깨를 살짝 안고 머리를 부드럽게 쓰다듬었다.

한쪽 부모가 없는 가정이라 해도 우리 가족과 나나세네 가족은 전혀 다르다. 우리 집은 어머니가 누나를 데리고 나가기만 했다.

이럴 때 멋진 말을 할 수 있으면 의지할 만한 오빠가 될 수 있을 것이다.

하지만 뭐라 말하면 좋을지 모르겠다.

그저 말할 수 있었던 건,

"힘들 때는 옆에 있을게."

"꼭이에요. 어기면 그냥 안 넘어갈 거예요."

그리고 한동안 나나세의 머리를 쓰다듬고 있었는데 갑자기 내 손목을 잡혔다.

깜짝 놀라 시선을 아래로 내리니 입을 삐죽 내밀고 싸늘한 눈으로 바라보는 나나세와 눈이 맞았다.

"어, 언제까지 쓰다듬을 거예요?"

"미안. 나도 모르게."

어린아이를 재울 때 등을 톡톡 두드리는 건 잠들면 멈출 수 있다. 하지만 이럴 때는 어느 타이밍에 그만하면 좋을 지 모르겠다.

"저, 저는 가족이니까 괜찮지만, 여자애에 따라서는 머리를 쓰다듬는 건 중죄니까 조심하세요."

나나세는 그렇게 말하고 '이거 정리하고 올게요'라고 말하고 물이 조금 남은 통과 국자를 돌려주러 갔다.

딱히 엉큼한 생각으로 쓰다듬은 건 아닌데, 역시 여자는 어렵다.

……그보다 아까 내가 한 행동은 어떻게 봐도 주제넘은 짓이잖아. 남자 친구도 아니고 오빠가 된 지도 얼마 안 된 내가 나나세의 어깨를 안고 머리를 쓰다듬다니.

이마에 손을 대고 나중에 사과하는 편이 좋겠다고 생각 하면서 공물로 올린 과자를 정리했다.

나나세의 아버지는 눈앞에서 어디서 굴러먹다 왔는지 모를 남자가 자기 딸의 머리를 쓰다듬는 모습을 봐서 화내고 있지는 않을까.

천벌을 받거나 하진 않겠지만 지금은 제대로 설명하는 편이 낫다.

난 다시 한번 손을 모으고 눈을 감았다.

"나나세가 집에 온 뒤부터 매일 바쁘게 지내고 있어요. 심부름을 가거나 앱으로 장난을 치기도 하고 휘둘리기만 하고 있어요. 하지만 그걸 즐기기도 하고 있어요. 오빠라고 해도 동갑인 제가 할 수 있는 일은 많지 않지만, 가능한 범위 안에서 나나세를 행복하게 할게요."

눈을 뜨고 다시 묘비를 봤다.

"…………."

이걸로 됐을까? 도중부터 결혼 인사처럼 들리는 거 아닌가 하는 생각을 했지만, 궤도를 수정하지 못하고 그대로 마지막까지 말해버렸다.

나나세가 들으면 또 그런 말을 한다면서 혼날 것 같다.

그 생각이 머리를 스친 순간에 깜짝 놀라 주변을 둘러봤다.

다행이다. 아직 돌아오지 않은 것 같다.

딱히 그런 생각은 없는데 나나세의 이야기를 하면 아무래도 이상해진다.

【막간 7】 스노하라 나유타의 경악

방과 후, 구교사 그늘에 살짝 몸을 숨겼다.

평소 인적이 없는 이곳은 방과 후쯤 되면 지나다니는 사람이 더더욱 적어진다. 인적이 드물기에 고백 장소로도 곧잘 쓰인다.

봄이면 벚꽃, 가을이면 은행이 예뻐서 나름대로 돋보이는 장소일지도 모른다.

하지만 지금은 5월 말이라 벚꽃은 이미 졌고 은행잎도 푸르르다.

이 고백 명소에 나—— 스노하라 나유타가 있는 건 누군가에게 불렸기 때문이 아니다.

불린 사람은 약간 앞에 있는 은행나무 아래에 있는 클로에다.

이런 곳에서 클로에의 모습을 관찰하는 이유는 단순한 호기심 때문이 아니다. 클로에에게 부탁받았기 때문이다.

오늘 클로에를 여기에 불러낸 녀석은 전에도 클로에에게 고백했다가 거절당했는데 다시 고백하려고 불러냈다고 한다. 정말이지 지긋지긋한 녀석이다.

그런 건 무시하면 될 텐데, 고지식하게 대응하는 게 클로에답다.

약속 시간 3분 전에 클로에가 있는 쪽에서 대화 소리가 들려왔다. 아무래도 상대가 온 모양이다. 그 낯짝을 보려고 시선을 움직였다.

짧은 머리에 웃으면 눈이 선처럼 가늘어지는 축구부 선배다. 내가 얼마 전에 발차기를 날리고 헤어진 전 남친의 친구라서 몇 번인가 본 적이 있다.

"──전에도 내 마음을 전했는데, 내 마음은 계속 변하지 않아. 어때, 친구부터라도 좋으니까 사귀지 않을래?"

친구부터 시작하자면서 거절하기 어렵게 파고든다.

그러나 클로에는 고백에 딱히 동요하는 기색도 없이 평소와 똑같은 태도로 말했다.

"전에도 말했지만 전 지금 있는 친구들과 같이 지내는 시간이 즐거우니 당신의 마음에 응할 수 없어요."

클로에는 항상 이렇게 말하며 고백을 거절한다.

클로에가 남자 친구를 만들기보다 나와 같이 지내는 걸 선택했다고 생각하니 한없이 기뻤다. 자신이 고백받는 것도 아닌데 가슴이 두근거렸다.

"난 그 친구가 될 순 없어?"

될 수 없으니까 그런 말을 듣는 거잖아. 클로에가 순하게 말한다고 까불지 말라고.

클로에는 머리카락 끝을 배배 꼬듯이 만지작거리고 대답했다.

"네. 선배는 저와 친구가 되고 싶은 게 아니라 그걸 발판 삼아서 사귀고 싶을 뿐이죠? 그런 마음으로는 분명 좋은 친구도 될 수 없다고 생각해요."

"그, 그런 게 아니라…… 하지만 나나세랑 친구가 되는 남자는 다들 그런 녀석이잖아."

이 녀석 진짜 끈질기네. 그래서 인기가 없다는 걸 빨리 알아차리는 게 좋을 거다.

클로에는 이 녀석이 좀처럼 물러날 것 같지 않으면 도와줬으면 좋겠다고 했는데 슬슬 도와주러 가는 편이 좋으려나.

"그렇지 않아요. 함께 있는 시간을 순수하게 즐기려고 하는 사람도 있으니까요."

그리고 클로에는 잠시 시간을 두고 다시 입을 열었다.

"그리고 전 그 사람을 소중히 하고 싶어요."

뭐?! 누구야. 그 소중히 하고 싶은 사람은!

나도 모르게 목소리가 나올 뻔한 입을 손으로 막아 억제하고, 잠시 숨을 고르고 말을 삼켰다.

"소, 소중히 하고 싶은 사람이라니, 그건 나나세한테 좋아하는 사람이 생겼다는 말이야?"

이쯤에서 나가는 게 적당할 것이다. 난 숨어있던 곳에서 뛰쳐나가 클로에가 있는 곳까지 단숨에 달려 손뼉을 짝짝 쳤다.

"자, 자, 거기까지."

"엑, 누, 누구?!"

아까 전까지 실눈이었던 선배의 눈이 내가 등장하자 깜짝 놀란 듯이 커졌다.

"누구냐니, 클로에가 같이 지내는 시간이 즐겁다고 말해준 친구입니다. 그런 것보다 선배, 클로에가 곱게 말해준다고 해서 너무 끈질기잖아요."

"계속 듣고 있었던 거야?"

"네. 첫 한마디째에 차였는데 끝까지 끈질기게 굴어서 못 참고 나왔어요."

"끄, 끈질기다니……."

"끈질겨요. 하지만 전 선배가 클로에한테 끈질기게 사귀자고 했다고 알리거나 하진 않을 테니까——."

난 거기까지 말하고 싸늘한 눈으로 깔보듯이 선배를 보며,

"빨려 꺼져주실래요?"

"윽, 아, 알았어. 나나세, 난처한 말을 해서——."

"됐으니까 빨리!"

"아, 넵."

선배는 짧게 대답하고 그대로 뒤로 돌아 달아났다.

이렇게 또 클로에 옆에 있는 녀석은 위험하다는 소문이 돌지도 모르겠다.

"고마워, 나유타. 여전히 박력 있네."

씨익 웃고 엄지를 세우는 클로에.

"저런 녀석한테는 저 정도로 따끔하게 말해야 해. 클로에가 친절하게 곱게 말하니까 밀어붙이면 어쩌면 될지도 모른다고 생각하거든."

"그런가. 난 꽤 따끔하게 말한 건데."

확실히 마음에 응해줄 수 없다고 똑똑히 말했다.

하지만 클로에가 지닌 분위기나 귀여움이 그 말을 부드럽게 만들어 버려서 잘 전해지지 않았을지도 모른다.

"뭐, 클로에가 무사했으니까 됐나."

"나유타 덕분이지."

"있잖아, 아까 말한 소중히 하고 싶은 사람은 누구야?"

지금까지 좋아하는 사람에 대해 이야기조차 하지 않았던 클로에에게 소중히 하고 싶은 사람이 생겼다면 신경이 안 쓰일 수가 없다.

"그, 그건…… 비밀이에요."

뜨끔한 표정을 짓는 것과 동시에 귀까지 빨개지는 클로에.

"엥~, 나한테도 비밀이야?"

"비밀이에요. 아무한테도 말 안 할 거예요."

클로에는 그렇게 말하고 입 앞에 가위표를 만들어 더 이상 말하지 않겠다고 선언했다.

이거야 원, 그 클로에가 그렇게까지 소중히 여기는 건 누구지?

【제8화】 나나세 클로에의 연심

'얘, 왜 갑자기 스마트폰 케이스 바꾼 거야? 전에 쓰던 것도 그렇게 안 낡았었잖아.'

책상 위에는 영어 교과서와 노트가 펼쳐져 있었고 구석에는 나유타와 스피커폰으로 통화 중인 스마트폰이 놓여 있었다.

지금까지 썼던 스마트폰 케이스에 딱히 집착했던 건 아니다. 흠집이 안 생기면 그만이라 색도 단색에 심플한 것으로 쓰고 있었다.

"따, 딱히 특별한 의미는……."

'그래? 그런 것 치고는 새 케이스는 평소의 클로에답지 않다는 느낌이 드는데.'

물론 그건 요츠모토 군과 같이 만든 것이니까. 나 외에 다른 사람의 센스도 들어가 있으니까. 다만 나유타에게도 요츠모토 군과 같은 케이스를 쓴다고 이야기하지 않았다.

'혹시, 누구한테 받은 선물 아니야?'

"아, 웃, 그, 그건……."

나유타는 이런 감이 예리하다.

혹시 같은 걸 쓰고 있다는 것도 알고 있는 게…….

'오오, 그 반응은 정곡인가. 누구야, 누구야?'

"그건…… 비, 비밀이에요."

나유타는 요츠모토 군과 가족이 됐다는 걸 알고 있으니까 말해도 문제없을 것이다.

하지만 아직 비밀이라 해야 할까, 나와 요츠모토 군만 아는 것으로 남겨두고 싶었다.

'비밀이라니, 전에 말했던 소중히 하고 싶은 사람 관련인가?'

"무, 무슨 소리 하는 거야! 선물을 나눠 받았을 뿐이야."

'뭐야? 선물을 나눠 받았다니.'

열기를 띠고 있던 나유타의 목소리가 갑자기 힘이 빠진 것처럼 들렸다.

"선물을 나눠 받았다는 건 그 이상도 그 이하도 아니에요."

전에 고백받았을 때는 평소 같지 않게 말을 너무 많이 해버렸다.

예전 같았으면 그런 말까지 안 했을 텐데.

그리고 소중히 하고 싶은 사람이라는 말은 내가 생각하는 것 이상으로 영향이 컸다.

"있잖아, 나유타, 소중히 하고 싶은 사람이 있다는 건 그 사람을 좋아하는 걸까."

'왜 그래? 갑자기 진지하게.'

"그야 그때, 소중히 하고 싶은 사람이 있다고 말하니까 좋아하는 사람이 생겼냐는 말을 들어서."

소중히 여기고 싶은 마음.

좋아하는 마음.

사랑하는 마음.

난 그 마음들이 어떻게 다른지 잘 모른다.

'그런 녀석은 내버려 둬. 클로에의 마음은 클로에가 정하면 되니까.'

"그치만 잘 모르겠어. 소중히 하고 싶다는 생각이 드는 때도 있는가 하면, 답답하기도 하고 화가 나기도 하는 때도 있어서. 단순하지 않으니까."

나의 막연한 이야기를 듣고 잠시 시간을 두고 나유타가 대답했다.

'감정은 그에 들어맞는 이름이 없으면 잘 알 수 없지. 옛날에는 갬성 있다나 빡친다는 말은 없었지만, 그에 응하는 감정은 존재했잖아. 근데 언제부턴가 그 말이 퍼졌고, 어떤 때에 쓰는 말인지 알면 그 감정을 이해할 수 있지. 그러니 클로에가 품고 있는 그 감정도 이름이 있을 거야. 그걸 알면 마음이 개운해지지 않을까.'

나유타의 말대로 내 안에 있는 이름 없는 감정은 유령 같다. 실상을 알 수 없고 둥실둥실해서 종잡을 수 없다.

"나유타는 알아? 이 감정의 이름."

'글쎄. 짐작 가는 데는 있는데…… 근데 그건 클로에가

스스로 생각하는 편이 좋다고 생각해.'

"짐작 가는 데가 있으면 가르쳐——."

'아~, 나 내일 영어 수업 해석 걸려서 준비해야 해. 그럼 안녕.'

나유타는 말을 끝내는 것과 동시에 통화를 끊어버렸다.

이 감정의 이름은 뭘까?

그렇게 생각하니 공부에 집중할 수 없었다.

어쩔 수 없으니 최소한만 하고 오늘은 이만 자기로 했다.

눈을 감아도 아까 나유타가 한 말이 떠올라서 좀처럼 잠들 수 없었다.

왜 요츠모토 군이 얽히면 이런 식으로 답답하고 화가 나는 걸까.

요츠모토 군이 의붓오빠가 된다는 걸 알고 안심하고, 무의식적으로 한 프러포즈 같은 말에 두근거리고, 내가 만든 요리를 칭찬하고, 갑자기 동생 취급을 하고, 같이 심부름하러 가고, 나의 사소한 습관을 보고 도와주고, 생일 선물을 사러 가고…….

지금까지 있었던 일을 떠올리는 사이에 내 의식은 녹아내리기 시작했다.

내가 요츠모토 군의 모습을 처음 본 건 입학식 날.

나유타를 제외하면 전혀 아는 사람이 없는 교실에서 식

이 시작되기 전까지 대기하라고 해서 모두 자기 자리에 앉아있었다.

요츠모토 군의 자리는 교실 앞쪽 입구 근처.

왜 기억하고 있느냐 하면, 일단 몸이 커서 눈에 띄었다. 그리고 약간 우락부락한 그가 그 자리에 있어서 교실에 들어오는 사람이 한순간 놀란 표정을 지었기 때문이다.

내 쪽에서는 관여하지 않는 편이 나으려나.

외모를 보고 내가 요츠모토 군에게 품은 최초의 감상은 그런 것이었다.

첫인상이 그렇게 돼버리면 매일 학교생활을 하면서 엮이는 일은 많지 않다.

난 나유타나 다른 여학생과 같이 있는 경우가 많았고, 요츠모토 군은 카스미 양이나 토리시마 군과 같이 있는 경우가 많아서 각자의 그룹에서 쉬는 시간을 보내는 경우가 대부분이었다.

다만 큰 행사 준비나 연습할 때는 사무적인 대화를 했지만 무슨 대화를 했는지까지는 기억나지 않았다.

하지만 문화제 때 작은 사건이 있어서 나와 요츠모토 군은 약간 엮이게 된다.

"있잖아 클로에, 다음엔 어디 갈 거야? 난 이 아이스크림 튀김이 궁금한데."

문화제 안내서를 든 나유타가 다음으로 가고 싶은 모의 가게가 있는 교실을 가리켰다.

"나도 그거 궁금했어! 먹으러 가자."

아이스크림 튀김은 어떤 걸까.

말 그대로 아이스크림에 튀김가루를 묻혀서 튀기는 건가?

하지만 아이스크림은 기름 온도를 버틸 수 없을 것이다. 예를 들어 기름 온도가 180도라면 아이스크림은 순식간에 녹아버려 형태를 유지할 수 없다. 그보다 기름 속에서 아이스크림이 액체가 돼버리면 대참사이지 않은가.

그런 과학을 초월한 듯한 음식이 모의 가게에서 팔리고 있다니, 역시 고등학교 문화제.

나유타와 둘이 목적지인 교실을 향해 복도를 나아갔다.

공연하는 교실 입구는 장식되어 있었고 호객꾼이 소리치고 선전하기 위해 가장한 것인지 코스프레인지 판단이 안 되는 차림을 한 사람이 전단지를 나눠주고 있었다.

이미 평소의 학교와는 전혀 달라서 관점에 따라서는 카오스라 해도 좋은 양상을 보여주고 있었다.

"나중에 강당에서 라이브 공연하는 경음악부입니다~. 꼭 와주세요."

내민 전단지를 반사적으로 받고 한순간 걸음이 멈춰 버렸다.

"너, 1학년 나나세지? 우리 곧 라이브 하니까 보러 와.

엄청 신날 거니까."

전단지에서 시선을 올리자 산뜻한 웃음을 뿌리는 상급생이 있었다.

내가 잠깐 대답을 못 하고 있으니 나유타가 네 네~ 라고 말하고 나와 선배 사이에 끼어들었다.

"선배, 미안해요. 클로에는 지금부터 저랑 아이스크림 튀김을 먹으러 가니까 이후에 바로 가는 건 어려워요."

"그, 그럼 내일도 라이브가 있으니까, 내일이라도 와주면 좋겠어."

"내일 예정은 아직 안 정해져 있으니까, 시간이 비면 보러 갈게요."

나유타는 그렇게 말하고 내 손을 꼭 쥐고 다시 걷기 시작했다.

"클로에, 거절할 때는 칼같이 해야지. 조금이라도 생각이 있다고 여겨지면 바짝바짝 다가와."

"따, 딱히 생각이 있는 기색은 보이지 않았어."

"아니, 눈만 마주쳐도 자기한테 마음이 있다고 착각하는 남자도 있어."

"어, 그래?!"

"그리고 클로에가 카구야 공주처럼 계속 고백을 거절하고 있으니까 어쩌면 자기한테도 아직 기회가 있을지도 모른다고 생각하는 거지."

"그렇다고 해도 거의 모르는 사람한테 고백을 받고 사귀어줬으면 좋겠다는 말을 들어도 난처해. 고백한 사람은 날 좋아할지도 모르지만, 난 그런 기분이 아니고. 그리고 지금은 이렇게 나유타랑 같이 있는 시간이 좋으니까."

"크으으으~, 예쁜 말을 하네. 그런 말을 들으면 내가 클로에를 먹고 싶어져 버려."

나유타는 뒤에서 안기더니 그대로 대형견을 쓰다듬듯이 날 팍팍 어루만졌다.

역시 난 이렇게 나유타랑 보내는 시간이 제일 좋다.

언젠가 내게도 좋아하는 사람이 생길까. 그건 나유타랑 지내는 느낌이랑 비슷할까.

아이스크림 튀김 가게를 하는 교실 앞에 오니, 거기엔 10명 정도가 줄을 서 있었다. 줄을 정리하고 있는 사람의 말로는 만들어 둘 수 없어서 시간이 조금 걸린다고 한다.

우리가 줄을 서자 바로 럭비 선수 같은 체격 좋은 남자가 뒤에 섰다.

우리 고등학교의 문화제는 외부에 개방되어 있어서 학생의 가족뿐만 아니라 지역 사람도 온다. 뒤에 서 있는 사람도 학생의 가족이나 근처에 사는 사람일 것이다.

줄이 움직여 조금만 더 기다리면 우리 차례가 될 무렵, 뒤쪽에서 들은 적 있는 목소리가 들렸다. 뒤돌아보니 요츠모토 군, 카스미 양, 토리시마 군 세 사람이 이 줄에 선 참이었다.

"아, 죄송합니다."

나유타가 갑자기 사과해서 무슨 일인가 싶어 이번엔 그쪽을 봤다.

아무래도 남자가 둔 종이봉투에 나유타의 발이 닿아 종이봉투가 넘어져 버린 모양이다.

그 종이봉투에 발이 닿아 넘어지기만 했으면 죄송합니다 라는 말만 하고 끝났을 것이다.

문제는 그 넘어진 종이봉투에서 데굴데굴 굴러 나온 비디오카메라.

게다가 촬영 중이라는 것을 나타내는 빨간 램프가 점등되어 있었다.

"이건⋯⋯⋯⋯."

"이런!"

남자는 그렇게 짧게 말하고 비디오카메라를 주워서 줄에서 나와 도망치려고 했다.

"잠깐, 기다려!"

도망치려고 하는 남자의 손을 나유타가 잡고 제지했다.

"이거 놔!"

남자는 나유타에게 잡힌 손을 뿌리치려고 했다. 힘의 차이 탓에 풀려난 남자의 손이 풀려나는 속도를 그대로 유지한 채 내 어깨를 쳤다.

"아얏."

"클로에!"

남자는 신경 쓰지 않고 비디오카메라를 든 채로 달리기 시작했다.

"누가 저 자식 잡아! 도촬하고 있어!"

카스미 양이 나유타의 목소리에 재빠르게 반응해 줄에서 튀어나와 남자의 도주 경로를 막으려고 했다.

"거기 비켜!"

기세를 죽이지 않고 돌진하는 남자. 아무리 생각해도 카스미 양이 다칠 뿐이다.

"꺅!"

짧은 비명은 남자가 카스미 양과 부딪쳐서 나온 게 아니었다.

요츠모토 군이 카스미 양의 손을 끌어 남자의 도주 경로에서 빼내고 대신 자기가 거기에 들어갔다.

하지만 이러면 요츠모토 군이 위험하다.

그런데 직후 남자가 복도에 처박히는 소리와 함께 비명이 터져나왔다.

요츠모토 군은 남자의 품에 파고들어 상대를 바닥으로 던졌다.

"토리시마, 빨리 선생님 불러와. 카스미, 나나세랑 스노하라를 부탁할게."

"말 안 해도 알고 있어. 너야말로 업어치기로 날렸다고 우쭐거리지 말고 똑바로 잡아두고 있어!"

카스미 양은 우리 쪽으로 달려와 괜찮냐고 물어보았다.

"전 멀쩡해요. 쥬몬지가오카 양도 다친 곳은 없나요?"

"나도 괜찮아. 마사키가 팔을 좀 잡아당겼을 뿐이니까."

"네가 다치기라도 하면 내가 겐류 할아버지한테 두들겨 맞으니까 조심해."

남자의 팔을 잡아 제압한 요츠모토 군이 고개만 이쪽으로 돌려 난감하다는 표정을 내비쳤다.

이 일은 내가 도움을 받았다기보다는 카스미 양이 도움을 받았다고 보는 게 맞다.

하지만 지금까지 무서운 사람일지도 모른다고 생각했던 요츠모토 군의 이미지가 뒤집히기에는 충분한 일이었다.

새가 지저귀는 소리가 알람을 세팅해 둔 시간대로 울렸다.

잠들기 어려웠는데 머리는 개운했다.

그리고 평소 같으면 일어나자마자 머릿속에서 사라지는 꿈의 내용도 오늘은 똑똑히 기억하고 있었다.

요츠모토 군은 몸이 크고 눈에 띄어서 시야에 들어오는 일이 많다고 생각하고 있었는데 그게 아니었다.

그때부터 난 무의식중에 요츠모토 군을 눈으로 좇았다.

이사를 온 날에 무심코 오래오래 잘 부탁드립니다, 라고 말해버린 것.

동생 취급을 당해서 화가 난 것.

나도 요츠모토 군을 소중히 하고 싶다고 생각하는 마음.

전부 그런 거였구나.

지금까지 흩어져 있던 퍼즐이 한 번에 맞춰진 것처럼 말끔해졌다.

이런, 학교에 갈 준비를 해야 한다.

시계를 보니 항상 준비를 시작하는 시간이 지나 있었다.

옷을 갈아입고 옷매무시를 가다듬고 부엌으로 가니 어머니가 이미 아침과 도시락 준비를 시작하고 있었다.

"좋은 아침."

나도 앞치마를 두르고 어머니를 돕기 시작했다.

"좋은 아침, 오늘은 평소보다 표정이 개운하네?"

"그, 그냥 평소대로야."

평소랑 똑같이 해야겠다고 생각하던 차에 갑자기 그런 말을 들었다.

아무래도 뜻대로 감춰지지 않는 모양이었다.

"안녕하세요."

약간 졸린 듯한 목소리와 함께 요츠모토 군이 눈을 비비면서 식당에 왔다.

"아, 안녕하세요."

어떡하지. 눈을 마주칠 수가 없어.

세상은 어제와 아무것도 달라지지 않았다.

요츠모토 군에 대한 감정도 달라지지 않았다.

하지만 거기에 이름이 붙은 것만으로도 내 세상은 확 변했다.

난 요츠모토 군을 사랑하고 있다.

【제9화】안녕, 평온한 나날

죽도가 허공을 가르고 헐떡이는 숨소리만이 쥬몬지가오 카가의 무도장에 울렸다.

무심하게 죽도를 휘두른다고 생각하고 있는데 잡념이 계속해서 떠올랐다.

요즘 어쩐지 나나세의 상태가 이상하다.

이야기할 때 전과 달리 눈을 맞추고 얘기해주지 않는다.

내가 말을 걸려고 하면 여러 이유를 대고 피해버린다.

뭔가 미움을 받을 만한 짓을 한 걸까. 하지만 짚이는 게 없다.

카스미한테 섬세하지 못한 녀석이라는 말을 들을 때도 있으니까 무의식중에 나나세의 마음에 거슬리는 짓을 해 버렸을지도 모른다.

하지만 이럴 때 이유도 모르고 일단 사과부터 하면 불에 기름을 붓는 격이란 말이지.

이래저래 움직인다고 잘 풀릴 것 같지도 않고, 그렇다고 해서 이대로 있는 것도 좀 그렇다.

생각할수록 머리가 뒤죽박죽되어서 더더욱 어떻게 하면 좋을지 알 수 없었다.

"우리 무도장은 마사키의 개인 무도장이 아닌데요."

나와 마찬가지로 죽도를 휘두르고 있던 하얀 도복을 입은 카스미는 손을 멈추고 한숨을 쉬며 날 봤다.

"갑자기 찾아와서 미안해. 몸을 움직이고 싶어서."

평소 같으면 사전에 겐류 할아버지와 연습하는 날을 정해서 여기에 오지만 오늘은 카스미에게 부탁해서 들어왔다. 참고로 겐류 할아버지는 부재중이라고 한다.

"진짜 몸을 움직이고 싶을 뿐인 거야?"

"왜?"

나도 일단 죽도를 내리고 카스미를 향해 고개를 돌렸다. 석양이 창으로 들어와 카스미를 주황색으로 물들였다.

"마사키가 진짜로 몸을 움직이고 싶기만 한 거라면 소리 지르면서 근처를 전력 질주하지 않나 싶어서."

"그런 짓 하면 근처에 사는 사람한테 신고당해!"

나나세와의 관계를 회복할 수 없을 정도로 크게 싸우면 그렇게 될지도 모르지만.

"그리고 뭔가 생각하거나 고민하는 게 있을 때이려나?"

"알고 있으면 엉뚱한 소리 하지 마."

"하지만 지금 마사키의 표정이 어느 때보다 험악해서. 마음을 편하게 해주려고 했지."

카스미는 그렇게 말하고 내 미간을 검지로 톡 찔렀다.

평상시의 표정이었다면 전해질 충격이 미간에 진 주름에 흡수되었다.

"계속 그런 표정 짓고 있으면 주름이 안 사라질 거야."

"뭔가, 여러 가지가 정리가 안 돼서."

"그건 클로에랑 관련된 거야?"

카스미는 눈을 가늘게 뜨고 내 표정의 작은 변화도 놓치지 않겠다는 얼굴을 하고 있었다.

"어, 어떻게……."

"지금의 마사키가 고민할 일은 그 정도밖에 없잖아?"

카스미라면 그 정도는 다 꿰뚫어 보는 건가. 이 녀석을 상대로 어설픈 거짓말이나 잔재주를 부려도 소용없다.

"뭐, 그…… 나나세 관련이야."

"호, 혹시 클로에가 좋아졌어?"

"어?! 아니, 왜 그렇게 되는 건데?"

"요즘 학교에서 클로에를 엄청 보고 있잖아."

그건 날 피하는 원인이 뭔지 신경 쓰여서 그런 건데…….

내가 입을 다물어버리니 카스미가 계속해서 말했다.

"클로에는 예쁘고 성격도 좋아. 같이 살면 마사키가 클로에를 좋아하게 되어도 이상하지 않은걸."

"나나세는 매력적이라 생각하지만, 가족을 그런 눈으로 볼 순 없잖아."

"그럼 만약에, 만약에 말이야. 그런 마음을 품었다고 해도 가슴속에 간직할 거야?"

"그야 그렇겠지. 만약 그런 걸 겉으로 드러내면 남매나 가족으로 있을 수 없게 돼."

"마사키는 지금 관계를 망치고 싶지 않으니까 좋아하지 않는다는 거야?"

"그것도 있다고 생각하는데……."

"하지만 좋아하게 돼서 고백하면 남매, 소꿉친구, 어떤 관계든 이제까지 지내온 것처럼 똑같이 지낼 수는 없을 텐데."

내 도복을 쥔 카스미의 얼굴은 나에게 애매한 대답을 원하지 않는 것처럼 보였다.

큰일이다. 대화가 내 고민과는 다른 방향으로 계속해서 진행되고 있다.

이거, 여기서 방향을 전환해도 괜찮을까.

"그, 카스미가 무슨 말을 하고 싶은지는 알겠는데. 지금 내가 나나세에 관해서 고민하는 건 그런 게 아니라——."

난 요즘 나나세의 태도가 이전과는 달라서 그에 관해 고민하고 있다고 설명했다.

내 설명이 진행됨에 따라 카스미의 숙인 얼굴이 계속해서 빨개져 갔고 죽도를 쥔 손이 부들부들 떨리는 걸 확실하게 알 수 있었다.

그리고 내 설명이 끝나자 카스미는 숙인 얼굴을 끼기긱하는 기계가 삐걱대는 듯한 소리를 내면서 들고 죽도를 용사가 필살기라도 쓸 때처럼 잡았다.

이, 이런, 이건 무조건 엄청 화내고 있는 거다.

"너 왜 더 빨리 내가 전혀 다른 이야기를 하고 있다고 말 안 하는 거야!!"

"아니, 얘기하려고 했는데 카스미가 계속 얘기해서……."

내가 말을 끝내는 것보다 빠르게 카스미의 죽도가 일방적으로 내 머리를 노렸다.

"히이이이익!"

내가 그 일격을 내 죽도로 막아내자 그 후에도 잇따라서 죽도를 내려쳤다.

큭, 여전히 빠르네.

"네가 빨리 안 말려서 내가 그런 부끄러운 이야기를 해 버렸잖아!"

"흐극!"

카스미의 맹공을 다 막아내고 있긴 했지만, 마지막 일격 후에 예상치 못한 미들킥이 추가로 날아왔고, 그게 내 옆구리에 맞았다.

서로 헉헉대며 숨을 헐떡였다.

"나 참, 그런 고민이라면 항상 나한테 얘기하는 것처럼 클로에한테도 얘기하면 그만이잖아."

"진짜 괜찮을 것 같아?"

"정말, 몸은 큰 주제에 이럴 때는 간이 작다니깐. 짧지만 같이 살고, 함께 지낸 시간이 있다면 조금은 믿어. 만약 마사키가 뭔가 해서 클로에한테 미움받는다면 그때는……
그때는 내가 시체가 된 널 잘 수습해 줄게. 안심해."

시체가 되고 싶지 않으니까 내가 계속 고민하는 건데?

"만약 그렇게 됐을 때는 부탁할게."

난 옆구리를 문지르면서 무도장 구석에 설치되어 있는
냉장고에서 꺼낸 생수를 카스미에게 건넸다.

툇마루에 둘이 나란히 앉아 생수에 입을 댔다.

"어떤 이유로 클로에가 마사키를 피하고 있는지는 나도
잘 모르겠어. 다른 사람의 마음은 마지막에는 직접 물어보
지 않으면 알 수 없는 게 많이 있어."

"직접 물어보지 않아도 원인을 알 수 있나 싶었는데, 그
렇게는 안 되나."

가능한 한 풍파를 일으키지 않고 원만하게 해결하고 싶
었는데.

카스미는 생수를 한 모금 더 마시고 잠시 생각을 정리하
듯이 눈을 감았다가 이야기했다.

"집에선 클로에가 마사키를 피하고 있을지도 모르지만,
학교에서는 마사키가 클로에한테 관여하지 않도록 하고
있지? 언제까지 그럴 거야?"

"언제까지……."

가능하다면 계속 이대로가 좋다고 생각한다. 그러는 편
이 나나 클로에나 주위 사람들이 피우는 소란에 휘말리지

않으니까.

"클로에가 이유를 알고 있다고는 해도 이대로 학교에서 끝까지 완전한 타인처럼 지내도 될까?"

"…………."

"왜 그래?"

"뭐랄까, 겐류 할아버지가 말한 대로 실패하고 또 생각하려고."

크게 숨을 내쉬고 다시 죽도를 휘두르기 위해 옆에 둔 죽도를 잡았다.

자신의 기분에 솔직하게라…….

나나세랑 얘기해 보면 의외로 난리를 부린 것에 비해 별일 아닐지도 모른다.

●

"나나세, 얘기하고 싶은 게 있는데 잠깐 괜찮을까?"

방과 후가 되어 이완된 분위기가 감도는 교실은 내 한마디에 웅성거리기 시작했다.

나와 나나세가 남매인 건 아직 비밀이고, 학교에서는 가족이 되기 전과 변함없이 대하고 있어서 내가 나나세에게 말을 거는 건 아주 드문 일이다.

더구나 지금까지 이런 식으로 어딘가로 데리고 나가서

얘기하자고 한 적이 없었다.

"요, 요츠모토 군, 그, 저기, 나중에 나유타랑 같이 갈 곳이 있어서, 오늘은 좀——."

"어라~, 그런 이야기를 했던가? 오늘은 딱히 예정 없으니까 요츠모토가 할 얘기가 있으면 그쪽을 우선해도 괜찮아."

히죽히죽 장난스러운 웃음을 띠고 있는 스노하라.

내 생각을 헤아렸는지 그녀와 시선이 마주치자 윙크가 돌아왔다.

고맙다고 짧게 인사하고,

"나나세, 여기서 이야기하는 것도 뭐하니까 장소를 좀 바꿀 생각인데."

난 나나세의 손을 잡고 교실 뒷문으로 가려고 했다.

"?! 잠깐, 요츠모토 군?!"

"응? 왜 그래?"

돌아보니 비어있는 손을 가슴에 대고 있는 나나세가 고개를 숙인 채로 다 기어들어 가는 목소리로 말했다.

"손잡는 건……."

나나세에게 결벽증 같은 게 있었던가? 일단 잡기 직전에 살균 티슈로 깨끗하게 하긴 했는데.

"미안, 싫었어?"

반사적으로 잡고 있던 손에서 힘을 풀려고 하자 오히려

나나세가 내 손을 꼭 잡았다.

"아, 아니에요. 처음이라서 좀 놀랐을 뿐이라."

그러고 보니 지금까지 나나세랑 손을 잡은 적이 없었구나. 갑자기 주제넘은 짓을 해버렸다.

그렇게 생각하니 손을 잡고 있는 게 갑자기 특별한 일이라는 생각이 들기 시작해 등이 뜨거워지기 시작했다.

"……이제, 괜찮아요."

잠시 숨을 돌린 나나세가 고개를 들고 말했다.

나나세와 손을 잡아서 웅성거리던 반 친구들의 목소리가 더 커졌고 시선이 한 번에 이쪽으로 쏠리는 걸 알 수 있었다.

아~, 이제 나의 풍파를 일으키지 않는 평온한 나날은 끝이다. 분명 나중에 교실에 돌아오면 이런저런 질문을 받겠지.

하지만 지금은 그런 것보다 우선해야 하는 게 있다.

뭐, 내가 평온한 나날을 바라는 건 조약도 법률도 아니고 단순한 가이드라인 수준의 바람이다. 깼다고 해서 벌칙이 있는 것도 아니다.

"요츠모토, 요츠모토."

항상 듣는 높고 날카로운 목소리가 멈춰 세워서 돌아보니 미간을 찌푸린 토리시마가 팔짱을 끼고 서 있었다.

"네가 루비콘강을 건넜다고 해도 나와 넌 쭉 동정 친구니……."

"어라? 토리시마, 괜찮아? 갑자기 배를 잡고. 그렇게 고
통스러우면 보건실에 데려가 줄게."

몸을 웅크리는 토리시마의 등을 카스미가 쓰다듬고 있
는데, 난 카스미의 오른손이 말하고 있는 토리시마의 명치
를 고속으로 치는 걸 봤다.

카스미는 이쪽을 살짝 보고 눈으로 빨리 가라고 재촉했다.

분명 이건 빚진 것이라는 뜻일 것이다. 일주일 동안은
과일 우유를 뜯길 것 같다.

"토리시마 군, 괜찮을까요?"

옆에서 걷는 나나세가 물었다.

"아, 나도 저걸 몇 번인가 맞은 적 있는데, 생명에 지장
은 없어."

"그건 별로 괜찮지 않은 거 아닌가요?"

"토리시마라면 괜찮을…… 거야."

"잠깐의 정적이 무거워요."

토리시마 덕분에 오랜만에 나나세와 대화를 약간 했다.
그 점은 감사한다.

한 번 손을 잡고 걷기 시작하니 어느 타이밍에 놓으면
되는지 모르겠다.

그렇게 되면 나와 나나세는 손을 잡은 채로 하교하는 학
생과 부활동을 하러 가는 학생들로 북적이는 방과 후의 복

도를 걷게 된다. 당연히 우리의 모습을 본 다른 반 학생까지 우리를 보며 술렁이기 시작했다.

에에잇, 이제 여기까지 왔으면 이 뒤는 어찌 되든 똑같다. 토리시마의 말대로 루비콘강을 건너버렸으니까.

교실동에서 나와 연결 복도를 나아가 구교사로. 목적지는 내 안식처였던 옥외 계단 층계참.

고백을 받고 있던 나나세를 도와준 곳이자 함께 도시락을 먹은 곳이다.

"갑자기 이런 곳까지 데려와서 미안."

층계참에 도착한 타이밍에 자연스럽게 서로 손을 놓았다.

약간 습한 바람이 나나세의 머리카락을 흔들었다.

어제부터 여기서 이야기하려고 정해뒀고 이야기할 내용도 몇 번이나 시뮬레이션했다.

그런데 이 층계참에 둘이 있는 것만으로도 다음 말이 바로 나오지 않았다.

"아뇨, 저도 요츠모토 군에게 확실하게 말해야 하는 게 있어서."

"나나세가 나한테?"

나나세는 날 피하고 있었을 텐데 말해야 하는 게 있다니 어떻게 된 거지?

큰일이다. 내가 예상했던 전개에서 이미 벗어나기 시작했다.

"요즘 요츠모토 군이 말을 걸어줘도 똑바로 얘기를 못 해서…… 피하고 있는 것처럼 돼서…… 미안해요."

머리를 깊이 숙이는 나나세.

내가 물어보려고 한 걸 먼저 말해버렸다.

그리고 나나세는 눈을 꼭 감고 손이 빨개질 정도로 세게 쥐었다.

"사실, 저——……."

"다행이다. 미움받은 게 아니라서."

둘이 동시에 말하기 시작해서 나나세가 하려던 말이 내 목소리에 묻혔다.

"네?"

아까부터 힘이 들어가 있던 나나세한테서 맥 빠지는 목소리가 새어 나왔다.

"그야 나나세가 날 싫어했으면 미안하다고 안 하겠지. 또 뭔가 저질렀나 싶어서 조마조마했어."

"앗, 그, 그럴 수가, 싫어하다뇨."

"그래도 말이야, 앞으로는 내가 뭔가 싫은 짓을 하면 그때 가르쳐줘. 말없이 날 피하면 정신건강에 좋지 않으니까."

"이, 이번엔 정말 요츠모토 군이 뭔가 했다거나 싫다거나 그런 게 아니에요."

나나세가 바로 대답했다.

설마 이런 식으로 내가 나나세와 하고 싶었던 이야기가 해결되다니.

그래도 나나세가 날 싫어했다면 또 하나의 이야기를 못 할 뻔했다.

난 일단 폐에 남아있던 공기를 천천히 다 뱉어내고 신선한 공기를 빨아들인 후에 나나세의 눈을 보고 입을 열었다.

"나나세, 나도 나나세한테 우리의 앞으로에 대해 얘기하고 싶은 게 있는데."

"앞으로에 대해……."

내 말을 곱씹고 다시 자세를 바로잡는 나나세.

두 사람 사이의 분위기가 아까보다 훨씬 긴장되었다.

"맞아, 나와 나나세의 관계라 해야 할까, 거리에 대해서."

"그, 그 말은 말없이 요츠모토 군을 피해서 거리를 두고 싶다거나 그런 건가요?"

나나세의 목소리가 떨리고 음색에서 온도가 사라져 갔다.

"아니, 반대야."

"반대? 반대라면…… 아니, 정말로?!"

음색에 한 번에 온도가 돌아왔고 나나세는 양손을 입가에 댔다.

"그래, 그래서 교실 같은 곳이 아니라 여기에 데려온 거야."

"아, 알았어요. 하지만 잠시만 기다려 주세요."

나나세는 아까 전의 나처럼 천천히 심호흡하고 복장에 흐트러진 곳은 없는지 체크했다.

"네, OK에요. 부탁드립니다."

"나나세, 앞으로는———."

목 위로는 뜨거운데 손에는 땀이 나서 차갑다.

하지만 여기까지 왔으니 말해야 한다. 평온한 일상이 끝나고 나와 나나세의 관계가 변할지 모른다고 하더라도.

"학교에서도 집에서 하듯이 똑같이 대해도 될까."

"저야말로 잘 부탁드립니다."

"".............""

나와 나나세 사이에는 바람이 살랑이는 소리와 학교 앞에 있는 길을 지나가는 순찰차의 사이렌이 울렸다.

내가 말하는 소리랑 나나세의 대답이 겹쳤는데 괜찮을까.

"학교…… 집, 똑같이?"

말을 막 배운 로봇처럼 중얼거리는 나나세.

"맞아, 학교에서도 집에서 대하는 것과 똑같이 평범하게 이야기하거나 다 같이 밥을 먹거나 하고 싶어서. 그래서 사전에 허가받는 편이 좋———."

나나세가 내 셔츠를 붙잡고 위아래로 격하게 흔들었다.

"정말, 정말, 진짜 너무해요! 그런 건 이런 곳에서 일일이 안 물어봐도 돼요! 그것도 허가라니, 남을 대하는 듯한 말을……."

"아니, 물어봐야지. 나나세 주변에 남자인 친구는 없잖아. 거기에 내가 갑자기 들어가면 무슨 일이냐면서 소란이 벌어질 거야. 그렇게 되면 나나세도 나와의 관계에 대해 이런저런 질문을 받을 테고."

"물어봐도 아무렇지 않아요. 폐가 된다고 생각하지 않아요."

내 셔츠를 잡은 채로 내 가슴에 머리를 톡 댔다.

"어, 그러니까 친구처럼 대해도 된다는 거야?"

"……네, 그보다 친구 이전에 남매잖아요."

"고마워. 그런데 아까 내가 말할 때 동시에 대답했는데 왜 그렇게 빨리 대답을, 컥?!"

설마 이런 때에. 내 양쪽 옆구리에 나나세의 찌르기가 작렬.

"정말, 그런 점이 문제라구요, 그런 점이!"

그렇게 말하고 나나세가 다시 내 손을 잡았다.

"자, 이야기가 끝났으면 돌아가죠. 가방 같은 건 교실에 그대로 놔뒀으니. 그리고 친구가 된 기념으로 나유타랑 카스미 양과 토리시마 군도 같이 카페라도 가요. 물론 요츠모토 군이 사는 걸로."

"엑?! 잠깐만, 내가 사는 거라니! 이봐, 친구는 그런 식을 모두의 몫을 사주거나 하지 않을 건데?!"

"안 돼요. 오늘은 요츠모토 군이 사는 거예요. 진짜 요츠모토 군은 죄 많은 사람이에요."

나나세는 내 손을 끌고 계단을 내려갔다.

【커튼콜】

《쥬몬지가오카 카스미》

교실에 돌아온 마사키와 클로에의 분위기가 험악하지 않은 걸 보니 이야기가 잘 된 모양이다.

마사키가 시체가 되어서 돌아오면 어떻게 할지 조금 걱정했는데 다행이다.

다만 반에서는 마사키와 클로에가 손을 잡고 나가서 다양한 억측이 난무했다.

지금까지 남자 친구는 고사하고 남자인 친구도 없었던 클로에가 갑자기 마사키랑 손을 잡았으니 어쩔 수 없다.

남자들이 무슨 일이냐며 마사키에게 따지는 일이 있을지도 모르겠는데, 그때는 도와주자.

"마사키, 하고 싶은 말은 했어?"

옷이 약간 흐트러져 있는 마사키에게 물어보니 '응'이라 대답했고,

"카스미, 이후에 볼일 있어?"

"난 딱히 없는데."

"그럼 나나세네랑 같이 카페 갈래? 나나세가 말하길, 오늘은 내가 산대."

"뭐야, 단둘이 아니라 우리도 같이 가도 돼?"

"어어, 오늘은 친구 기념이니까."

친구 기념이 뭘까. 조금 설렌다.

근데 친구 기념이라는 말을 들은 순간 어제부터 가슴에 있던 누름돌 같은 것이 슥 사라졌다.

그건 뭐였던 걸까.

뭐 됐다. 지금부터 마사키가 사주는 걸로 카페에 가는 거라면 사양하지 말고 주문하자.

《스노하라 나유타》

이제부터 학교에서도 친구로 대하게 된 기념으로 나도 같이 학교 근처에 있는 카페에 왔다.

뭐, 이렇게 되지 않을까 예상하긴 했지만.

"있잖아, 클로에, 전에 얘기했던 클로에가 소중히 하고 싶은 사람은 클로에를 소중히 여겨주긴 하지만 뭔가 아니다 싶을 때가 많은 사람이지?"

"네? 아, 그, 그건⋯⋯."

고개를 숙인 클로에는 순식간에 달아올랐다.

그리고 그걸 식히듯이 프라푸치노를 마시고,

"맞아요. 정말 너무한 사람이에요."

역시, 이 둘은 앞으로도 고생할 것 같다.

지금은 나름대로 잘 지내고 있는 것 같지만 앞으로는 어떨까.

일단 요츠모토는 클로에를 소중히 여겨서 울릴 만한 일도 없을 것 같다.

당분간은 둘의 미묘한 관계를 지켜보자.

《나나세 클로에》

——탁.

욕조에 들어가 손발을 뻗고 긴 숨을 내쉬었다.

오늘은 정말 위험했다.

요츠모토 군이 구교사에서 보여준 언행, 흐름, 분위기는 분명 고백이잖아.

아니, 오히려 그 외에 다른 게 있냐고 말하고 싶어진다.

그렇게 분위기를 고조시켜 놓고 내용이 그런 거라니.

마음속으로 힘차게 '그쪽?!'이라고 외치고 말았다.

그리고 동시에 최근에 요츠모토 군과 잘 이야기하지 못했던 이유를 말하지 않아서 정말 다행이라 생각했다.

그때 요츠모토 군과 말이 겹치지 않았으면 분명 '요츠모토 군이 좋아서 이야기하는 것마저 부끄럽다'고 말해버렸을 것이다.

이제부터 겨우 학교에서도 친구로서 지내는 우리가 여러

가지를 날려버리고 갑자기 고백 같은 걸 했으면 분명 실패했을 것이다.

분명 요츠모토 군에게 나는 가족이자 동생이자 친구니까 연애 대상이 아닐 것이다.

잘못 고백하면 앞으로의 관계가 삐걱거리게 된다.

아무래도 난 아주 성가시고 번거로운 사람을 좋아하게 돼버린 것 같다.

이렇게 되면 요츠모토 군이 날 좋아하게 해서 가족이나 동생 같은 벽을 뛰어넘을 수밖에 없다. 그러기 위해서는 앞으로 적극적인 어필만이 있을 뿐이다.

요츠모토 군, 언젠가 그 이성의 끈을 놓게 하겠어요.

《요츠모토 마사키》

이유는 모르겠지만 나나세의 상태가 또 이상하다.

얼마 전까지는 내가 말을 걸려고 해도 피하는 눈치였는데 요즘은 오히려 상대가 적극적으로 말을 걸어온다.

역시 제대로 이야기하길 잘했다고 생각함과 동시에 이번엔 거리가 아주 가깝다고 해야 할까, 날 당황스럽게 만드는 일이 많았다.

구체적으로는……

아니, 이 이야기는 당분이 과해서 듣는 사람의 몸에 안 좋은 영향을 끼칠 우려가 있으니 자율 규제를 하고자 한다.

학교에서는 친구로 대하게 되어서 카스미 일행을 포함해서 같이 도시락을 먹거나 하고 있다.

지금까지 카스미밖에 없었는데 나나세와 스노하라가 더해져서 토리시마는 역시 살아있길 잘했다며 눈물을 글썽이면서 기뻐했다.

"마사키 군, 준비됐나요? 이제 곧 주러 갈 거예요."

세간에서 오늘은 아버지의 날이지만 우리 집이라 해야 할까, 나와 나나세는 가족의 날로서 아버지와 미사키 씨에게 감사한 마음을 전하기로 했다.

선물은 아버지에게는 넥타이, 미사키 씨에게는 스톨을 골랐다.

우리는 깜짝 선물을 주는 것이다.

"그럼 나나세는 아빠한테 드릴 선물을 들고, 난 미사키 씨한테 드릴 선물을 들게."

이 시간에 아버지와 미사키 씨는 거실의 소파에 앉아 편히 쉬고 있다.

"그, 오늘은 가족의 날이니 이 기회에 슬슬 괜찮지 않을까 생각해요."

"뭐가 슬슬 괜찮은 거야?"

아버지에게 드릴 포장된 선물을 주면서 되물었다.

"마사키 군도 어머니와 아저씨 앞에서뿐만 아니라 집 안에서는 절 이름으로 불러도 괜찮지 않을까 싶어서요."

요즘 친밀해진 나나세는 아버지와 미사키 씨 앞에서뿐만 아니라 집에 있을 때는 항상 나를 이름으로 불렀다. 같이 살기 시작한 날에 처음에는 아버지와 미사키 씨 앞에서만이라도 이름으로 부르자고 했는데, 슬슬 그렇게 적당히 넘기는 것도 한계인가…….

"나나세가 그렇게 정중하게 말하니까 좀 부끄러운데."

"부끄러운 건 첫 며칠만 그래요. 금방 그게 평범해질 거예요."

아니 그렇게 뭐든 익숙해지는 게 무섭기도 한데.

"어, 그럼, 크, 클로에."

"딱딱해요, 마사키 군."

니히히 하고 웃음을 짓는 클로에.

가족으로서 남매로서 잘 지내려고 하는데 아직도 이름으로 똑바로 못 부르는 건 정말 별로네.

그렇다, 오늘은 가족의 날이니까 다시 이름을 똑바로 부를 좋은 기회일지도 모른다.

"있잖아, 클로에."

"응? 왜 그러시죠?"

처음엔 번거로울지도 모른다고 생각했던 클로에와의 생활도 나쁘지 않다.

아니, 이전의 생활보다 지금이 훨씬 즐겁고 좋다.

그러니 이건 잠결도 무의식도 아닌 나의 솔직한 마음.

"클로에, 앞으로도 잘 부탁드립니다."

클로에는 한순간 시간이 멈춘 듯이 멈춘 후, 미소를 지었다가 다시 진지한 표정을 짓고 대답했다.

"저야말로 부족한 사람이지만 앞으로 오래오래 잘 부탁드립니다."

후기

처음 뵙겠습니다. 이번에 제9회 카쿠요무 Web소설 콘테스트에서 러브 코미디(라이트노벨) 부문 특별상을 수상한 우키하 마유라고 합니다.

이 책을 사주신 분은 전국 방방곡곡에 계신 나나세 클로에 팬 혹은 달달하고 안달이 나는 러브 코미디를 아주 좋아하는 독자분들일 것이라고 강하게 확신하고 있습니다.

다 읽으신 분들이 알아차린 대로 이 이야기는 주인공 '마사키'의 시점을 중심으로 쓰였지만 히로인인 클로에가 자신의 마음을 깨닫기까지의 이야기이기도 합니다.

작가로서는 여러분이 클로에의 귀여움과 마사키의 벽창호 같은 모습, 이 두 가지 요소를 웃으면서 봐주시고 자신에게도 클로에 같은 의붓여동생이 있으면 좋겠다고 생각하면서 몸부림치셨으면 합니다.

이어서 이번에 데뷔하게 되어 많은 분께 감사 인사를 하고자 합니다.

이번 콘테스트에서 이 작품을 선택해주신 선고위원 여러분.

여러분이 발견해주지 않으셨으면 이 작품을 이렇게 독자 여러분께 전할 수 없었을 겁니다. 정말 감사합니다.

수상 소식을 점심시간에 직장에서 알았는데 너무 놀라서 밥 먹는 것을 잊어버렸습니다.

클로에를 비롯해 등장인물들을 정말 매력적으로 그려주신 유가— 선생님.

카스미와 나유타의 모습도 다채로워서 캐릭터 러프가 왔을 때부터 엄청난 미소녀 집단이 될 거라고 확신하고 있었습니다.

그리고 커버 일러스트는 히로인의 표정을 이렇게까지 가까이에서 그린 일러스트가 과거에 있었나 싶을 정도로 가깝게 느껴져 솔직히 지금도 이 일러스트를 보면 클로에가 바라보고 있다는 느낌이 들어 고동이 빨라집니다. 정말 감사합니다.

카쿠요무에 투고하기 시작했을 때부터 지금에 이르기까지 응원해주신 독자 여러분.

여러분의 응원, 코멘트, 리뷰 등이 없었으면 분명 이 작품을 쓰지 않았을 겁니다. 앞으로도 뜨거운 성원을 보내주셨으면 좋겠습니다.

이 작품을 쓰기 시작했을 때 읽어주신 R님.

그때 해주신 '감성적인 느낌이 좋다'는 말이 이 작품의 축이 되었습니다. 그 말을 해주시지 않았다면 이 작품은 전혀 다른 작품이 됐을지도 모릅니다. 지침이 되는 말을 해주셔서 감사합니다.

이 작품을 담당하신 편집자 하야시 님.

밤늦게까지 올드 루키와 함께해 주셔서 뭐라 감사의 말을 전해야 할지 모르겠습니다. 어떻게 하면 이 작품의 매력을 더 끌어낼 수 있는지 조언을 많이 받았고, 그 조언이 작품 전체의 완성도 상승으로 연결됐습니다. 개고를 진행하는 도중에 회의 때 했던 이야기가 퍼즐이 맞춰지듯이 하나가 되어가는 느낌이 들었습니다.

이번에 배운 것을 이후에 작품을 만들면서 조금이라도 더 많이 활용하고 싶습니다.

그리고 그 외에도 이 책의 출판에 관여하신 출판사 여러분, 판매점 여러분.

여러분 덕분에 많은 독자의 손에 이 작품을 전할 수 있었습니다. 감사합니다.

마지막으로 항상 제 집필을 뒤에서 도와주는 아름다운

아내에게 감사의 말을 전하고 감사 인사를 맺겠습니다.

항상 정말 고마워.

우키하 마유

CLASS NO QUARTER BISHOJO GA GIMAI NI NATTA.
SHIRANAI UCHI NI KUDOITETA. Vol.1
©Mayu Ukiha, Yugirl 2025
First published in Japan in 2025 by KADOKAWA CORPORATION, Tokyo.
Korean translation rights arranged with KADOKAWA CORPORATION, Tokyo.

같은 반 쿼터 미소녀가 의붓동생이 되었다. 모르는 사이에 꼬시고 있었다. 1

2026년 1월 15일 1판 1쇄 발행

저 자	우키하 마유
일 러 스 트	유가-
옮 긴 이	박정철
발 행 인	유재옥
이 사	조병권
편 집 부	정영길 박치우 조찬희 이소의 정지원 최유정 김혜주
디자인랩팀	김보라 전세연
디지털사업팀	김지연 윤희진 장혜원
라이츠사업팀	김정미 유아현
영업마케팅팀	김민
물 류 팀	백철기
경영지원팀	최정연
인쇄제작처	㈜코리아피엔피
발 행 처	㈜소미미디어
등 록	제2015-000008호
주 소	서울시 마포구 토정로222, 502호 (신수동, 한국출판콘텐츠센터)
판매 및 마케팅	(070) 8822-2301

ISBN 979-11-384-8899-0
ISBN 979-11-384-8898-3 (세트)